No sabéis vivir

No sabéis vivir

Álvaro Gálvez Medina

Sr. Scott

Primera edición: octubre de 2024

©2024, Álvaro Gálvez Medina

©2024, Sr. Scott Libros

ISBN: 978-84-128240-4-9

Depósito legal: M-19849-2024

Diseño de cubierta: Sr. Bermúdez

Impresión: Safekat

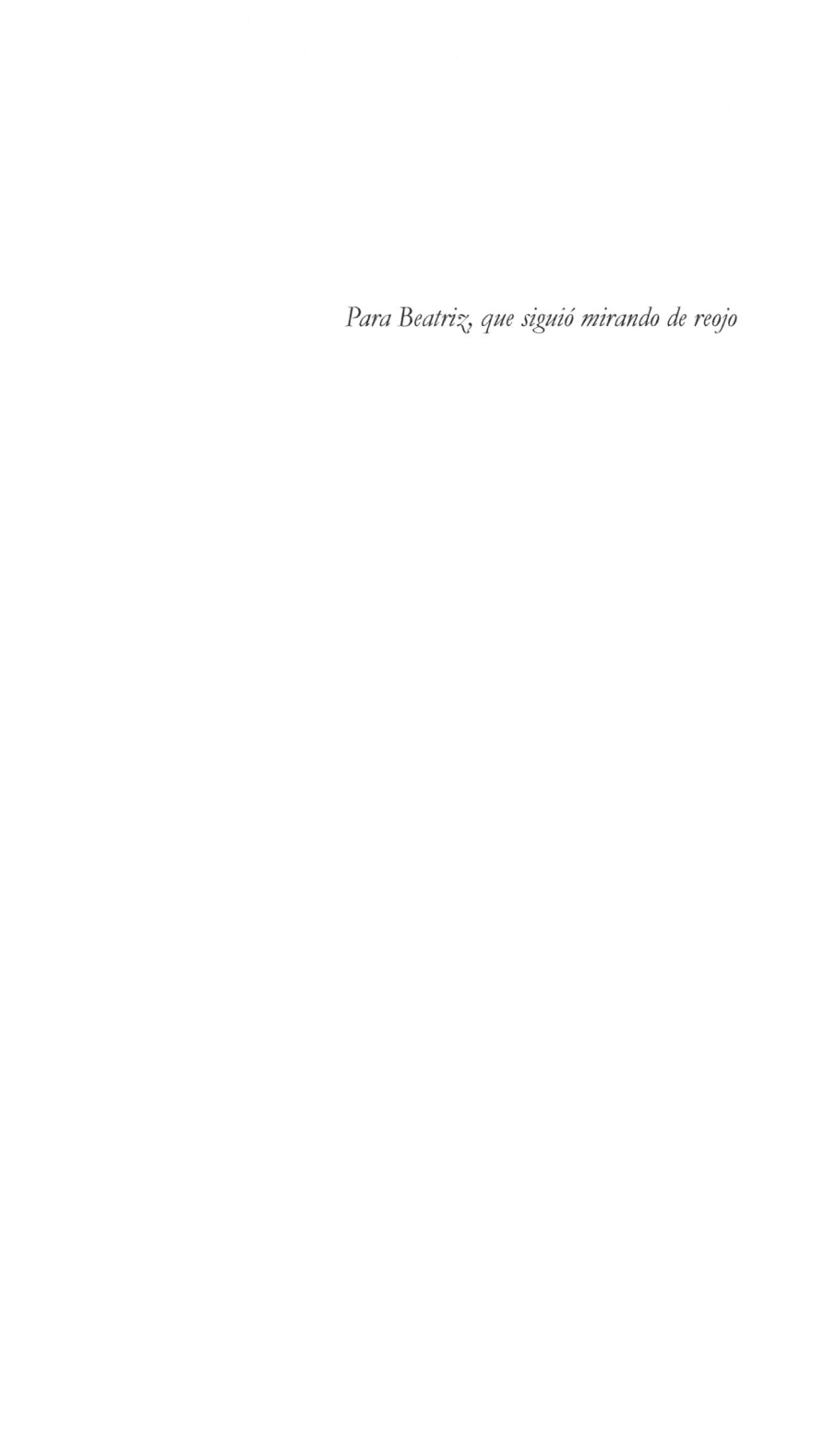

Para Beatriz, que siguió mirando de reojo

¿Es imaginable un ciudadano que no posea un alma de asesino?
EMIL CIORAN

Solo, siempre voy solo,
debo de ser un solitario.
EL TORTA

El parto salió mal, la que murió fue mi madre, así que todo lo que sé de ella son los recuerdos de quienes la conocieron. Y algo parecido me sucedió con mi padre, que tras enviudar, según me cuentan, pasó de ser una persona amable y extrovertida a desaparecer. No me ayudó a construir una idea ni de mi madre ni de sí mismo; de eso se encargó mi abuela, que me cuidó durante los primeros años de mi vida. Todo ello, lógicamente, determinó la formación de mi carácter. ¿Tuve que afrontar más contratiempos durante mi infancia o mi adolescencia? Claro que sí, como todos. Pero yo no vivo de la literatura, no tengo que labrarme un pasado repleto de penurias a la medida de los gustos populares. En ese sentido, tengo suerte: puedo ir al grano y ahorrarme moralinas publicitarias.

Estudié Derecho en Córdoba, como mi madre, y en la universidad conocí a Pablo, gracias a quien empecé a socializar y trasnochar, y a Paloma, que me sorprendió eligiéndome como su novio. Veía en ella lo que nunca vi en mí: planes e ilusión. Al terminar la carrera, se fue a Madrid, y la seguí. Pero, una vez allí, mientras ella tenía una vida social cada vez más activa, yo me encerré en mí mismo. Mi conducta casi nunca tuvo nada que ver con mi voluntad. Como era de esperar, no tardó en conocer a alguien.

Ahora recuerdo todo aquello con nitidez, puesto que he reunido algunas de mis notas de entonces. Y es a partir de ese momento desde el que quiero reconstruir los hechos; apoyándome sobre lo que fui escribiendo, trazaré toda la historia. Porque no quiero morir ni que nadie más muera sin haber aclarado antes algunos extremos. Porque quiero ordenar los acontecimientos y las ideas y encontrarles sentido. Quizá así logre juzgarme más allá de las limitaciones de la ley, más allá de los hechos. Esto no es, por tanto, ni más ni menos que mi versión de lo ocurrido, un pedazo de documento humano contra el olvido.

Abrí la puerta y me enfrenté al vacío de mi casa, que llevaba un mes deshabitada. Los muebles estaban llenos de polvo, y las horquillas de Paloma permanecían sobre la mesita de noche. Todo estaba dispuesto para la depresión, pero actué con dignidad: abrí las ventanas, encendí la radio y empecé a deshacer la maleta. A veces hay que saber comportarse como un autómata.

Por mantener mi cabeza despejada, ordené y limpié el piso de arriba abajo, y ya de noche, cansado, me tiré en el sofá y pedí una pizza a domicilio. Mientras llegaba el repartidor, revisé mi correo electrónico, y un mensaje llamó mi atención.

Estimado esclavo del sistema:
Tu novia te ha dejado y sigues en ese gran despacho que tanto
odias: debes de estar en tu mejor momento. Teniendo en cuenta
la situación, supongo que no te apetece un cambio. Aun así,
cuando regreses de Perú, llámame. Quiero comentarte un
asunto.

Era un mensaje de Pablo. Bueno, en realidad nadie lo llamaba así: era tan blanco de piel, casi albino, que todos le llamábamos Negro. Llevaba casi un año sin verlo, pero manteníamos el contacto. Él sí encontró trabajo en Córdoba, aunque no como abogado, sino como dependiente en una tienda de ropa para hombres de un amigo suyo, que era lo que le apetecía ser. Lo cierto es que estudió la carrera sin intención de sacarle partido profesionalmente; sus padres le exigían tener estudios universitarios, pero no aprovecharlos. Eran propietarios de más de doscientas hectáreas cultivadas con trigo y girasol, lo cual genera muchas ganancias sin requerir una gran implicación, más allá de atender a los precios del mercado en el momento de la venta del producto y de encontrar un encargado en el que poder delegar las labores de siembra y recogida, así que su hijo no tenía que buscar trabajo para tener sus necesidades y deseos cubiertos. Podría haberse limitado a contestar, cuando le preguntasen por su oficio, que ayudaba a gestionar las tierras de su familia, aunque eso equivaliese a no hacer nada; lo que no podía permitirse era decir que no había estudiado una carrera; es decir, tenía que garantizar unos estudios mínimos, aunque solo fuese una cuestión cosmética. Recibía todos los meses dos sueldos (el de la tienda y el del campo), y no tenía gastos fijos, así que sus ingresos le lucían muchísimo. Negro era, en definitiva, rico de cuna. Aun así, no era nada ostentoso, incluso intentaba disimular su posición social, y todas las semanas descendía de la nube que sobrevolaba los problemas de los demás para trabajar. A veces pienso que es raro que nos llevásemos bien desde el principio. Las complicidades son inescrutables.

Cogí una cerveza de la nevera, me encendí un cigarro y lo llamé. «¡Maldito fariseo! ¿Qué tal estás? ¿Sigues llorando?», gritó al otro lado del teléfono. Le dije que se dejara de rodeos, y me habló de una librería en la que necesitaban a alguien. Pensé que bromeaba, pero me equivoqué: quería que dejara la abogacía para vender libros. Me habló de condiciones laborales, de tiempo libre, de compartir piso. No daba crédito a lo que estaba escuchando. ¿Acaso se le había olvidado que mi padre no era terrateniente, que no podía jugar caprichosamente con mi vida? Pero insistía tanto que comprendí que estaba preocupado por mí, que pensaba que había tocado fondo. Alguien debía de haberle puesto al tanto de mi situación, y quería comprobar si eran ciertas esas habladurías. Pero yo no tenía ganas de entrar en detalles, así que intenté convencerlo de que estaba bien y, después de unas cuantas bromas y evasivas, aplacé la conversación al día siguiente.

El repartidor de pizza no tardó en llegar. A pesar de jadear, sonreía. ¿Qué se le pasaría por la cabeza mientras recorría Madrid a toda velocidad en una moto de mierda? Le di propina y forcé una sonrisa.

Paloma y yo organizamos un viaje a Perú, pero antes de partir me dejó y prefirió recuperar el dinero del billete. Yo iba a hacer lo mismo; sin embargo, me pudo la pereza ante la idea de tener que solicitar la devolución (la burocracia ha determinado mi vida mucho más que mi voluntad). Así que terminé cruzando el Atlántico y recorrí un país con una diversidad de ecosistemas impresionante: desierto, montañas nevadas, selva. Conocí a una pareja de colombianos en Cusco con los que pasé una agradable tarde de cervezas, y en Lima paseé con una mulata bellísima de isla Reunión. ¡También vi un cóndor, y un caimán! Recordando anécdotas puntuales, podría decirse que fue un viaje estupendo, pero no estoy tratando de engañar a nadie. La mayor parte del tiempo estuve como de costumbre: tranquilo y ligeramente melancólico. No fue, por tanto, una experiencia reveladora. Volví como me fui: indolente. Pero ¿la indolencia no forma parte, en mayor o menor medida, del día a día de toda persona? No me parece para tanto, ni mucho menos como para alarmarse.

Trabajaba al día siguiente, así que me acosté temprano.

Línea azul marino, número diez. Rostros resignados y exhaustos se balanceaban en los vagones. El metro es un transporte muy útil para robustecer la depresión.

El despacho estaba en el Paseo de la Castellana, en la octava planta de un edificio altísimo. A pesar de las pésimas condiciones laborales, algunos eran felices rodeados de la pompa de aquella empresa. Nos organizábamos por departamentos y nos dedicábamos a fases muy concretas de procedimientos muy específicos: el progreso es especializarse hasta el ridículo. En mi caso, redactaba informes sobre contratos de préstamo hipotecario e indicaba si incluían o no cláusulas abusivas. Lo mejor del trabajo era que no tenía que pensar demasiado.

Compartía oficina con siete personas. Seis me resultaban

indiferentes, y una me daba asco, Alfredo. Tenía la diabólica necesidad de sentirse un líder, por lo que no paraba de reivindicarse, de dar el coñazo con su narcisismo, y encima abusaba de los diminutivos. Por supuesto, era el gracioso del despacho, la gran promesa.

Allí trabajaba yo, sin ilusión por quedarme ni valor para irme (¿es este el estado natural del depresivo?). Ante mi abatimiento, respondía con inactividad y ocasionales brotes de ira. A toda velocidad, desde el subsuelo de Madrid, pensé en ello y me encendí, y, en lugar de reprimir el primer impulso, me solivianté. Era uno más en el vagón: callado por fuera y derrumbándome estrepitosamente por dentro. No pintaba nada en aquella ciudad. Estaba perdiendo el tiempo. Decidí entonces cuál iba a ser mi objetivo: volver a Córdoba y tener la vida que mi madre quiso tener. Ya estaba bien de tanta originalidad.

«Dieguito, tienes sueñecito, ¿verdad?», me preguntó Alfredo al verme en mi escritorio con la mirada perdida, trazando mi plan de huida. «Cada vez que usas un diminutivo me apetece reventarte la cabeza, imbécil». Intenté darle un tono de broma a mi respuesta, lo juro. Quería decirle lo que le dije pero sin decírselo: así funciona la comedia, ¿no? En cualquier caso, no me salió bien. Además, a medida que llegaba al final de mi respuesta me fui acelerando cada vez más, hasta terminar con un «imbécil» irrefutable. Y ya no tenía nada que hacer, no podía dar marcha atrás. Así fue como estalló la bomba.

Mi mente se oscureció y dejé de ser yo quien tomaba las decisiones. Alfredo empalideció y levantó las cejas tanto que escondió toda su frente bajo su flequillo. De golpe, olvidó su superioridad jerárquica, su autoridad con respecto a mí, porque algo inesperado, inimaginable, rompió sus esquemas: ¡tenía delante a alguien a quien le daba igual su trabajo, le daba igual todo! Dejó a medias una frase, se atragantó, y salió de la oficina tan molesto y decidido que debió de costarle trabajo no trotar.

Todos detuvieron su actividad y me miraron. El silencio invadió la estancia. Cogí un cigarro, levanté desafiante el mechero y disparé. ¡Estaba desatado! Fumé parsimoniosamente para disimular mi agitación, hasta que se me ocurrió el siguiente paso. Di una última calada en dos tiempos, sujetando el cigarro con los dedos índice y pulgar, lo aplasté sobre el escritorio y, por última vez, redacté un escrito en aquella oficina: mi dimisión. En aquel momento, curiosamente, me dio por pensar que me alegraba de poder despedirme, por fin, de la retórica jurídica. Más tarde comprendí que ese veneno es muy pegajoso.

Yo, Diego Arjona Laguna, letrado del Ilustre Colegio de Abogados de Madrid, por el dictamen de mi voluntad comparezco y, sin atender a vacíos formalismos, DIGO:

Que, mediante el presente escrito, comunico mi dimisión y me despido de todo el personal. Asumamos que algunos preavisos son innecesarios.

Dicho lo cual, solicito que tengan por hechas las anteriores manifestaciones a los efectos legales oportunos, por ser justicia lo que pido.

Doblé el folio y lo dejé sobre la mesa.
Había llegado el momento de salir de allí. Necesitaba aire.

Aquello no fue arrojo, sino un arrebato. Vivía tratando de evitarlos y lamentando no haberlo conseguido, un vaivén que constituía una de mis principales fuentes de frustración. En cambio, aquel día me sentí liberado y dispuesto a sacarle partido a esa nueva traición de mi personalidad a voluntad.

Caminé hasta recuperar la calma y la consciencia. Andar, andar, andar: no hay nada mejor para escapar de la locura.

Me senté en una terraza y, protegiendo mis ojos del sol con la palma de mi mano, intenté diferenciar la planta del edificio en la que estaba mi oficina. Tras algunos minutos de desconcierto, seguro que todo habría vuelto a la normalidad. Allí no se podía parar por algo tan insignificante. Era normal, de hecho, que los trabajadores no aguantaran más de dos o tres años, la mayoría conciben el trabajo en las grandes firmas como una etapa de aprendizaje. La única diferencia en mi caso era que había sido un excéntrico. Pero comunicarían mi baja a los de recursos humanos y estos buscarían un sustituto, ya está, sin dramatismos.

Cuando la camarera se acercó a mí y me preguntó qué deseaba, toda mi soltura anterior se desvaneció. Era hermosísima, la imagen con la que uno desea encontrarse después de una pesadilla. Me trabé y ella sonrió. Después me repetí a mí mismo, para convencerme, que había dejado mi primer trabajo.

Esa tarde cogí un tren y volví a Córdoba. Mi padre había cambiado la cerradura, pero estaba en casa. Le expliqué que solo pasaría una noche y me dejó entrar. «Como quieras», me dijo, un poco sorprendido. Creo que estuvo a punto de preguntarme algo, de iniciar una conversación, pero al final solo añadió, titubeante: «Voy a...», y se fue a su cuarto.

Tenía el mismo aspecto que la última vez que lo vi e iba vestido como siempre. Imagino que a muchos hombres les termina pasando lo mismo con los años: reducen su ropa al mínimo y no les importaba repetir conjunto dos o tres días seguidos, salvo que se manchen. Eso no significa que vayan sucios ni mal planchados, sino que cada vez les molestan más los cambios. Mi padre quizá se salía de la norma en cuanto al número de días que era capaz de mantener los mismo pantalones, la misma camisa y el mismo jersey. Supongo que es el peldaño que se sube cuando te conviertes en un viudo solitario. No había cambiado.

Un año después de mi marcha, estaba de vuelta. Sabía que empezar de cero no le libra a uno de volver a equivocarse y, por tal razón, de verse arrastrado por un bucle de comienzos y finales vanos; es decir, tenía claro que la huida puede ser una trampa. Aun así, no dejaba nada atrás. Podría decirse que no me había movido del cero en mi vida.

Fue un alivio saber que lo de mi padre tenía nombre: depresión y alcoholismo. De ahí los cambios de humor repentinos, los llantos desquiciados, los insultos bestiales. Pero eso terminó cuando empezó con la medicación. Dejó el alcohol y se aferró a las pastillas. Entonces pasó a ser fundamentalmente serio y silencioso. A veces me pregunto si hubiera sido mejor que no se hubiese producido ese cambio, que hubiese llegado hasta el final. En cualquier caso, como digo, se agradece que las cosas tengan nombre, porque tener que explicar lo que no lo tiene, hablar en abstracto, sin poder concretar nada, es horrible. Sin embargo, cuando tuve edad para comprender el comportamiento de mi padre, no lo comentaba con nadie, tan solo me ayudaba a aceptar la situación.

Con el paso de los años, uno de los temas que cobra más protagonismo es el de la herencia genética. En mi familia no solo se han dado casos de depresión y de alcoholismo, sino también de demencia, de bipolaridad, de suicidio. La verdad es que mi miedo nunca ha sido injustificado. La cosa nunca pintó bien.

Lo que quise entonces fue acabar con el reverso oscuro de mi personalidad, evitar convertirme en mi padre. Por eso decidí poner de mi parte, tomar las riendas de la situación, y la vida alternativa que me había ofrecido Negro se me reveló como una oportunidad que no podía desaprovechar.

Jueves

No ha durado mucho mi aventura en la capital. Pero no quiero cavilar ni analizar ni medir las consecuencias. Se acabaron los objetivos, las estrategias, el rendimiento. Me entrego gustoso al caos.

Tal es la sensación de liberación, que me reconforta hasta el silencio que rodea a mi padre. Me gusta estar cerca de su indiferencia; me tranquiliza saber que está pululando por ahí, encerrado en sus pensamientos. En la fotografía que cuelga frente a mí en la pared, aparece sonriendo junto a mi madre. Se trata de una sonrisa gigante, de las que duelen si la mantienes durante mucho tiempo. Mi madre también muestra una sonrisa portentosa. Ambos sonríen con la boca y con los ojos; exhiben una dentadura radiante, perfecta. En ese momento, eran indestructibles. Esas sonrisas no podían ser fingidas para la foto. Su sinceridad es radical, ajena al resto del mundo. Esa felicidad, aunque fuese fugaz, justificaría una vida. ¿Qué se dirían después? ¿Se besarían? ¿Se abrazarían? Aunque el viento soplaba muy fuerte, debía de hacer un poco de frío, el sol iluminaba sus caras, ambas protegidas con gafas de sol Wayfarer, unas negras y otras carey. Los dos eran bellísimos, jovencísimos, y llevaban el pelo casi igual de largo, media melena. Iban en barco de camino a Tabarca, una isla situada a unos veinte kilómetros de Alicante. Estaban de vacaciones; estaban morenos y sanos. ¿Se planteaban entonces tener hijos? ¿Cómo estuve a punto de llamarme? La camiseta de mi madre era blanca; la de mi padre, negra. Los dos se cogen de la cintura con un brazo y se agarran a una barandilla con el otro. Sacan pecho, están en forma. Seguramente, no tenían resaca: transmiten demasiada ligereza. ¿Hicieron el amor la noche anterior? ¿Bromearían con la idea de no usar preservativo y dejarlo todo en manos de la suerte? Me parece imposible que ese hombre fuese mi padre. Si parecía capaz de simpatizar con el movimiento hippie, con esa barba de mes y medio tan tupida. La gente cambia. La gente cambia mucho. El pasado es mentira, de hecho. En la memoria solo permanecen algunos retazos de lo que fuimos, de lo que hicimos. Casi todo se olvida y se convierte en invención o vacío.

Nunca pensé que dejaría el despacho, y mucho menos como lo he hecho. Pero pronto se desvanecerán los detalles. Tendré una idea vaga de lo sucedido. A veces me sobreviene una punzada de miedo: no he respetado el preaviso de los quince días, y temo posibles represalias. Aunque me contrataron como administrativo aun cumpliendo funciones de abogado... ¡Ya está bien! ¡Qué puñetero y agorero es mi cerebro! ¿Quién no tiene algo que esconder? Prevalecerá mi insignificancia. Sí, eso es.

También olvidaré a Paloma. Nuestra relación se irá difuminando en mi memoria hasta convertirse en un recuerdo inofensivo, apenas un nombre y una descripción injusta de su carácter. Se extinguirá nuestro idioma, nuestra intimidad. Es raro pensar que nunca más sabremos nada el uno del otro. Pero mejor así: una vida sin puntos finales es una aberración.

Mañana no tendré que ir al trabajo ni ver a mis compañeros ni coger el metro. Ya no tengo obligaciones. No tengo nada que hacer. ¿Qué más quiero?

Saldré a pasear un día laborable, como los jubilados, los parados, los locos. Me dejaré llevar por las aceras en las que dé el sol.

Mi padre ya no estaba en casa cuando me desperté, y el silencio sin él no era lo mismo, así que me duché rápido y me fui a la calle. Córdoba es una ciudad llana, pero se inclina ligeramente a medida que uno se aproxima al río, hacia donde me dirigí.

Desayuné en la plaza de las Cañas, la favorita de mi abuela. Es un lugar en el que se tiene sensación de pueblo; supongo que por eso le gustaba a ella, para quien la ciudad era un infierno. «El bullicio este te mata», repetía siempre. Era una mujer que hablaba poco pero sentenciando, sin titubeos. Yo era un niño y pensaba que era una lástima que no fuera la presidenta del Gobierno.

Solo me hizo un regalo en su vida: una navaja de Albacete. Era de mi abuelo, y ella la guardó después de su muerte hasta el día de mi comunión. Ese día, por tanto, fue la única vez que me regaló algo y que me habló de mi abuelo. Antes era normal que todos los hombres llevaran una navaja encima, no como ahora, que es de dementes o excéntricos. Pero ella seguía pensando que era el único complemento imprescindible para un hombre, que por una cosa o por otra siempre me vendría bien tener una a mano. En cuanto a mi abuelo, no me dijo nada más, así que solo sé eso: que fue un hombre con una navaja de Albacete siempre en el bolsillo.

Después del desayuno, caminé guiado un poco por azar y un poco por nostalgia, hasta que llegué a la tienda de Negro.

Estaba doblando camisas sin prisa ni parsimonia. No dije nada y esperé a que advirtiese mi presencia, y cuando lo hizo, levantó los brazos y exclamó: «¡Aleluya!». Desde que nos conocimos, siempre fue él quien tuvo que hacer un esfuerzo para saludarme: su altura era tan superior a la mía que tenía que agacharse cada vez que me abrazaba.

Quedamos en que iríamos esa misma tarde a la librería, pero antes dejaría mi equipaje en su piso. En cuanto a lo que iba a cobrarme por el alquiler, aplazó la cuestión para otro momento, desechándola con las manos. No le gustaba hablar de dinero, eso también era muy propio de él. Y para evitar que insistiera, cambió de tema hacia otro que juzgaba más importante: llevábamos mucho tiempo sin emborracharnos juntos, y esa misma noche podía organizar algo. Acepté el aplazamiento y la oferta. Ya tendría tiempo de abordar delicadamente los asuntos de mi especie.

Después estuve paseando una rato más, y, a la hora del

aperitivo, fui a ver a mi abuela. Llamé al porterillo y no contestó nadie; lo hice una segunda vez y tampoco. Me llamó la atención, pero no me preocupó: habría salido por cualquier cosa. Sin embargo, cuando estaba a punto de irme, sonó el timbre y la puerta se abrió. No me recibió ella, sino mi padre: «La abuela está en el salón. Pasa».

La encontré postrada en su sillón, con la mirada perdida y la respiración anhelante. No sabía nada de su estado de salud, mi padre no me había informado. Le recriminé su omisión con la mirada, pero no me hizo caso, encendió la televisión. «¿Qué pasa, abuela? ¿Cómo estás?», pregunté. Pero no reaccionó. Insistí: «Abuela, ¿qué pasa? Tenía ganas de verte». Giró levemente su cuello y me buscó con los ojos, pero no encontró nada. «Abuela, soy tu nieto», dije, y por fin sonrió levemente. Su cerebro se había oxidado, ¿cómo había enfermado tanto tan rápido? «Papá, ven a la cocina. Vamos a coger algo de picar».

Me explicó que tenía demencia senil, lo cual no era extraño a sus casi noventa años, y que había contratado a una cuidadora, que la atendía a diario. Físicamente estaba bien, no sufría, añadió.

Volvió al salón y me quedé callado, sin nada que decir. ¿Qué iba a decirle? ¿Acaso no podría haberla llamado yo? ¿Acaso no había sido un ingrato, un egoísta? No tenía excusas: aquello no constituía ni más ni menos que otra evidente porción de culpa para mi alma.

A eso de las tres, mi padre se fue y llegó Fernanda. Era mulata, y tenía una cicatriz larga y muy fina en la cara: una línea recta que subrayaba su ojo derecho. No sabía de qué país era. Iba a preguntárselo y a intentar entablar una conversación con ella, pero al final no lo hice. Pensé que podía molestarle, que lo consideraría una intromisión innecesaria. Todavía no sé si hice bien o mal. Nunca conseguí interpretar su actitud. Era más seria que educada, y guardaba las distancias, se mantenía a la defensiva. Asumí que prefería que nos comunicásemos mecánicamente. Se sentó junto a nosotros y comenzó a hablarle a mi abuela. Su voz y su tono eran más efectivos; lograban, aunque fugazmente, devolverla a la realidad. «Ha venido su nieto. ¿No se alegra de verlo?», le preguntó acariciando su mano. «No me digas... Por fin», respondió mi abuela. Esas fueron todas las palabras que pronunció aquel día. Estaba exhausta. Después suspiró y cerró los ojos. Dio por terminada la conversación.

Fernanda me dijo que iba a darle de comer, y que después no tardaría en dormirse. «Ya no tanto, pero al principio hablaba mucho de usted», añadió cuando me estaba levantando. Me incomodó que me hablara de usted, pero por segunda vez no me atreví a decirle nada. Y no sé si sus palabras fueron un bonito detalle o un reproche, su tono me resultó ambiguo. En cualquier caso, sentí que no pintaba nada allí, que molestaba. Le di mi teléfono por si necesitaba algo, besé a mi abuela en la frente y me fui.

Al llegar a casa, la luz de la cocina estaba encendida. Mi padre se estaba calentando un puré de calabacín de tetrabrik. Me senté en la mesa estrecha y alargada que había al lado de la ventana y me encendí un cigarro. Al oír el chasquido del mechero, mi padre se dio la vuelta y me miró, pero no me dijo nada; se limitó a abrir un poco más la ventana. Preparó su comida en una bandeja y se fue al salón; comía sentado en un sillón, sobre una mesa plegable auxiliar. Me quedé fumando, matando el tiempo, hasta que llegó la hora de irme a casa de Negro. No comí, hacerlo me parecía un engorro. Prefería el tabaco mientras el alimento no fuese necesario.

Los problemas concretos no son para tanto; para mí, lo peor es la culpa incierta, que es un fantasma que te sigue a cualquier parte. De hecho, te extraña que la gente no se dé cuenta de que lo tienes al lado, de tan pesado que es. ¿Quién es capaz de soportar a un fantasma así toda la vida? ¿Quién es capaz de soportar la idea de que su padre le culpa por la muerte de su mujer, es decir, de su propia madre? No sé si me equivocaba al pensar que, en su fuero interno, me consideraba el culpable de su soledad, pero lo cierto es que siempre lo he sentido así o me lo ha hecho sentir así. Quizá hubiese sido diferente si alguna vez hubiésemos hablado de ella.

Viernes

Cuesta deshacerse de unos zapatos viejos. Resulta difícil creer que tus pies volverán a encajar tan bien en otros. Por eso retrasas la despedida, y te sientes culpable cuando buscas sustitutos. Pero un día encuentras unos zapatos más cómodos, más ligeros. Los compras y te lanzas a la calle. Entonces pasas del recelo a la euforia. Pateas la ciudad y te olvidas del pasado. Hasta que una rozadura incipiente te obliga a detener el paso. En ese momento te dices que deberías dejar de caminar, que la cosa puede ir a peor. Sin embargo, sigues caminando.

La librería estaba en la plaza de san Hipólito, que era pequeña pero animada, rebosante de terrazas. El local contrastaba con su aire tan festivo. Los únicos refugios de silencio allí eran la iglesia y la librería, que se mantenían impasibles ante el jaleo circundante.

Antes de entrar, Negro me contó que el librero era poco hablador pero buena persona, una descripción a la que no le vi la parte mala. Empujé la puerta antes de fijarme en el cartel que indicaba que había que tirar de ella, y el golpe desbarató la calma de la librería, que estaba vacía. El hombre que nos esperaba dentro se asustó, dio un respingo, pero al vernos, automática y educadamente, dejó la libreta y el bolígrafo que tenía entre manos y se acercó a nosotros. Era un anciano macilento, un monje endeble: su calva completa dejaba a la vista un anguloso cráneo; los pómulos y las sienes enmarcaban unos ojos pequeños y hundidos; la piel de sus mejillas estaba vacía, y la que le colgaba del cuello, poca y arrugada, formaba dos tiras que iban desde la barbilla hasta el primer botón de la camisa, donde confluían. Llevaba unas gafas de montura de alambre dorado a media asta, y miraba por encima de ellas, como empieza a hacerse a partir de cierta edad. Su camisa era azul horizonte, con un bolsillo en el pecho, y le estaba grande. Sus pantalones de pana y sus zapatos de ante estaban viejos y desgastados, y al cinturón había tenido que hacerle agujeros nuevos.

Negro nos presentó y no tardó en irse. Quedé en llamarlo cuando saliese de la librería.

Se llamaba Ignacio, y miraba fijamente a los ojos. En

primer lugar, me preguntó si era cierto que iba a dejar la abogacía para trabajar con él. «No estarás huyendo de algo, ¿no?», dijo medio en broma medio en serio. Le respondí que es difícil asumir los errores, y que me había dejado llevar por la inercia. Asintió poco convencido y no insistió. Después me informó sobre las condiciones del trabajo: de lunes a jueves, por la mañana y por la tarde; los viernes y los sábados, por la mañana o por la tarde, dependiendo del turno asignado; en cuanto al sueldo, ochocientos euros al mes durante los tres primeros, que consideraba de prueba.

Mientras hablaba, tenía las manos entrelazadas sobre el vientre, y jugaba con sus pulgares. Me contó que la joven que había estado los últimos años trabajando con él se había vuelto a su pueblo; después de casarse, iba a irse a vivir allí con su marido. Hablaba de ella con cariño; esperaba que le fuese bien, que consiguiese una plaza en el ayuntamiento o algo parecido. Pero pronto cambió de tema y se centró en el futuro; imagino que, como buen nostálgico, rehuía la nostalgia.

Me aconsejó que reflexionase durante el fin de semana (ese fue el verbo que utilizó) y repitió varias veces que no quería perder el tiempo con entrevistas, que necesitaba a alguien que lo tuviese claro cuanto antes. No le importaba que no tuviese experiencia previa; lo que no le hacía gracia, intuí yo, era que fuese abogado.

Por mi parte, no tenía nada que pensar, así se lo dije, pero me pidió que le diera la respuesta definitiva el lunes. Si no cambiaba de idea, lo vería a las nueve y media en la terraza de enfrente.

Salí de allí con la certeza de que lo único que tenía que hacer era beber y no pensar, así que llamé a Negro, que me citó a las nueve en la judería. Me extrañó, porque no era una zona de fiesta, pero me explicó que Alberto, a quien todavía no conocía, disponía allí de un pequeño local, en el que solían beber las primeras copas de la noche; era de su padre, pero desde su jubilación no lo utilizaba.

Haciendo tiempo, se me hizo tarde: basta estar desocupado para que las distracciones nos inmovilicen. Eché un vistazo por las fachadas de la calle y ninguna puerta daba señales de vida. Segundos después de enviarle un mensaje a Negro, se descorrió una persiana metálica. Me giré y lo vi. «Carnicería», rezaba el letrero desconchado que había sobre la puerta.

Las paredes eran de azulejos negros y blancos, dispuestos como un tablero de ajedrez, y el techo estaba repleto de humedades; en cuanto al mobiliario, no había ni rastro de lo que pudiera haber sido una carnicería, sino que había muebles antiguos repartidos aleatoriamente por la estancia; parecía el trastero de una tienda de antigüedades.

Nos acomodamos en una esquina del local, donde había sillas de enea, una mesa baja y una lámpara de pie que desprendía una luz anaranjada. El sinsentido estético del lugar, como decorado por un burgués esquizofrénico, me animó.

A veces recuerdo las palabras exactas, y las escribo, pero otras veces me es imposible, así que resumo la idea general o aproximada de las conversaciones, que para el caso es lo mismo. Digo esto porque tengo muchas lagunas de aquella noche, sobre todo de lo que sucedió en adelante; aun así, intentaré reconstruirla con la mayor precisión posible.

Me llevé bien con Alberto —a quien llamaban Berto— desde el principio. Tenía pinta de haber sido de los alumnos del colegio que luego no son recordados; no debía de haber sido ni de los marginados ni de los populares, sino de los discretos, de los cumplidores: su patria seguro que la habían conformado su soledad y sus aficiones. No sé si habría sido su amigo en el colegio; en cualquier caso, era de esos que merece la pena conocer superada ya la adolescencia. Y ahora iba a compartir piso con él.

Era alto y corpulento, pero no transmitía fortaleza, sino todo lo contrario, parecía estar reprimiendo una taquicardia continuamente. Empezó preguntándome, con mucho interés, si había celebrado algún juicio penal como abogado, y cuando le dije que no, sentí que lo defraudaba. Tan solo tenía una idea peliculera de la profesión, y la realidad española está en las antípodas de la hollywoodiense. Después le conté a lo que me había dedicado, y desde ese momento no volvió a preguntarme nada más sobre mi anterior trabajo. Él estudiaba Filología Hispánica, y aunque le decepcionaba la carrera, no se veía en otra. Sus padres estaban divorciados y apenas le ingresaban dinero, pero subsistía gracias a un trabajo como pinchadiscos en bodas, comidas de empresa y fiestas por el estilo (jamás me hubiese imaginado que trabajaba en algo así, pero al azar le dan igual nuestros prejuicios). El futuro le daba vértigo, empezaba a asumir que la vida se le daba mal, aunque a mí me pareció que se consideraba más desgraciado de lo que en realidad era. Quizá lo fingiera, seducido por la estética del antihéroe, que tan buenos resultados sociales y literarios suele reportar.

Más tarde llegaron Páter y Gallardo, los que completaban la pandilla. El primero se llamaba Antonio en realidad, pero desde que descubrieron que su padre fue cura antes de casarse con su madre, lo llamaban Páter; el segundo se llamaba Luis, pero tuvo más éxito su primer apellido. Páter era alto y gordo, y Gallardo era bajo y delgado. Ellos, en lugar de ginebra, bebían whisky. Entre alcohol y cigarros fui conociéndolos.

Páter era visitador médico y vivía con su novia. Gallardo había estudiado empresariales, pero trabajaba para una asociación en defensa de los consumidores, «luchando contra los abusos de las grandes empresas», apuntó. Cada uno maldecía sobre el trabajo del otro; es decir, Gallardo consideraba que la industria farmacéutica era un imperio mafioso y Páter mantenía que las asociaciones en defensa de los consumidores eran una tapadera de garrapatas del Estado. El contraste entre ambos era tan simétrico que formaban una pareja perfecta.

Pronto percibí que Negro y Páter jugaban a lo mismo pero desde lugares opuestos: ambos fingían ser clase media sin serlo. Mientras Negro disimulaba sus privilegios, Páter ocultaba sus orígenes humildes. Uno promulgaba un nihilismo light y otro se erigía en defensor de las buenas maneras y de los valores clásicos. Ahora bien, esto no significaba que tuviesen mala relación. Tan solo era entretenido verlos hacer sus apuestas. Páter alardeaba de su sueldo, sin saber que la calidad de vida de Negro no dependía de que cobrase veinte mil o noventa mil euros al año, y este, por su parte, proponía planes de vacaciones del tipo viaje en furgoneta o festival de música celta. No siempre es fácil encajar.

Gallardo también le ponía mucho empeño a la construcción de la imagen que quería proyectar, pero solo conseguía engañarse a sí mismo: todo en él era de derechas, salvo que decía ser de izquierdas. Aquella noche me resultó más enternecedor que irritante. Supongo que a los demás les pasaba lo mismo.

En cuanto a mí, era huérfano, y eso me situaba en el lugar de los pobrecitos. No tenía nada que hacer.

Antes de salir de la carnicería ya estaba un poco mareado. Acabamos con la bebida y nos fuimos andando al Automático, el bar en el que terminaban las noches. El aire fresco me vino bien.

El local estaba lleno, y allí, más que bailar, la gente parecía querer expulsar un demonio de su interior. Había dos zonas a diferentes alturas, con sus respectivas barras; en la primera había tanta cola para pedir que apenas podíamos movernos, así que nos fuimos a la del fondo, a la que se accedía subiendo unas escaleras con barandilla. A mano izquierda estaban los baños, que eran más una extensión de la pista de baile que un refugio de intimidad, y se entraba más en grupo que individualmente; a la derecha estaba la barra, en la que había una camarera con el pelo rosa, un camarero con rastas y un dj calvo y viejo. Pedimos nuestras copas y nos hicimos hueco entre la gente.

Como de costumbre, después del primer sorbo quise salir a fumar, pero antes de preguntar si alguien quería acompañarme, una joven me susurró al oído: «Me gusta tu camiseta». Era blanca, con un fotograma de la película *La piscine* en el centro (la diseñé yo mismo: ¿quién no ha caído alguna vez en la trampa de creerse especial?). Me giré y, sorprendentemente, respondí con rapidez: «A mí me gusta tu colgante». Se trataba de una mano de Fátima con una piedra turquesa en el centro. No me gustaba, pero me facilitó el trabajo.

Era pelirroja, italiana del norte. No recuerdo de qué hablamos, pero hablamos mucho. Bueno, en realidad mostré interés y dejé que hablara ella, porque mi intención era gustarle, no gustarme, y en general la gente agradece que la dejen explayarse.

Cuando la conversación empezó a mostrar síntomas de decaimiento, me preguntó si quería tomarme una copa en su casa; se había cansado de hablar, pero no de mí. ¿Saberse uno extranjero desinhibe? ¿Me habría preguntado lo mismo si hubiésemos estado en su ciudad? Sea como sea, agradecí mi suerte. Acepté y nos fuimos de allí a la francesa.

No había nadie en el piso (el típico de estudiantes Erasmus, con mapas y chinchetas, posters de cine y papel de fumar por todas partes). Nos tropezamos varias veces hasta llegar, por fin, a su dormitorio, donde la cama ya estaba deshecha, y antes de besarme encendió una lámpara pequeña que había en su mesita de noche, cubierta por una tela azul que coloreó la habitación: ese es el detalle que recuerdo con mayor nitidez. De su cuerpo, lamentablemente, no me acuerdo tanto, y de su cara, menos todavía.

Me quitó la ropa antes de quitársela ella, y siguió teniendo la misma iniciativa hasta el final. Nunca había visto un despliegue de voracidad así. Se empleó a fondo, como si encontrase el placer procurándomelo a mí. En mi corta experiencia, había tenido que poner casi todo de mi parte, así que me desconcertó. Y creo que mi ingenuidad la espoleó aún más.

Al despertar, estaba solo en la cama, pero antes de que terminase de vestirme entró en el cuarto. Nos tomamos un café y hablamos un rato. Celebramos no tener obligaciones que cumplir ni demasiada resaca y nos despedimos. De vuelta a casa, caí en la cuenta de que no sabía cómo se llamaba ni tenía su teléfono. Era la primera vez que me sucedía. También era la primera vez que no era Paloma.

No soy ni guapo ni feo, ni alto ni bajo, ni gordo ni flaco: mi aspecto es de una discreción apabullante. Además, no exteriorizo, ni para bien ni para mal, lo que siento. Esto último es una idea heredada, que puedo refutar pero que jamás dejará de determinar mi conducta. Que exteriorizar sentimientos es una vulgaridad no es algo en lo que creo, sino algo que tengo integrado inevitablemente en mi personalidad, y no merece la pena luchar contra ello. Su mecanismo de control es tan preciso y eficaz que a veces no sé si algo me entristece o no, tan solo sé que no debo mostrarme afectado. Dicho esto, debo reconocer que de pelo voy bastante bien, por cantidad y por calidad, eso es quizá lo único que desentona de mi aspecto.

Por aquel entonces no me imaginaba que mi temperamento y mi apariencia fuesen compatibles con las relaciones esporádicas. Y tampoco tenía muchas expectativas con respecto a mi vida amorosa en general. Que Paloma se hubiese fijado en mí había sido una anomalía social, y yo la había desaprovechado: eso era lo que pensaba.

Pero todas estas ideas no eran las que se me pasaban por la cabeza aquella mañana. Lo que me pregunté fue qué había visto en mí la estudiante italiana para, sin conocerme, llevarme a su casa sin ningún reparo. Es decir, ¿por qué no iba a ser yo, por ejemplo, un asesino? ¿Qué vio en mí que le inspirara confianza y no lo contrario? ¿Se presupone por naturaleza el bien? Estas eran preguntas fruto de mi ingenuidad, claro está. A veces echo de menos esa parte de mí.

Sábado

Érase una vez un joven inquieto que quería ganarse la vida como escritor, a poder ser maldito. Para conseguir su objetivo se leyó la obra completa de Bukowski, de Roberto Bolaño y de algunos otros que él consideraba malditos. Y también buceó en las profundidades de la noche: logró que lo echaran a patadas de las discotecas y se aficionó al póquer clandestino.

Un día, después de muchos litros de alcohol, se dispuso a escribir el relato más sórdido y salvaje de la historia, el definitivo. Pero a la mañana siguiente solo se encontró con una certeza: si quería preservar algo de dignidad, aquellas palabras debían desaparecer sin testigos.

Aun así, el joven no tiró la toalla. Continuó tecleando y dándole a la botella, y así consiguió convertir su vida en un infierno. Hasta que, por fin, un día salió del túnel: sus padres le retiraron la paga. Entonces empezó a trabajar, se independizó y dejó de tener tiempo para ser un maldito.

Una noche cualquiera, después del trabajo, se puso a escribirlo.

¿Es esto literatura?

¿Por qué escribo a la defensiva, más pendiente de no ser uno de los que lo hacen mal que de encontrar lo que quiero escribir yo?

¿Los escritores siempre se han dividido en bandos, entre los que escriben y pontifican y los que solo escriben?

¿De qué género hay que abominar en esta época?

¿La literatura es un juego en el que gana quien no se repite nunca? ¿Solo es meritorio romper con los cánones?

Me voy a casa de mi abuela; ella no hace tantas preguntas.

Dejar de golpe un trabajo, acostarme con una mujer desconocida: la vida, a veces, se dispara.

Me gustaba leer y escribir, pero me daba vergüenza decirlo. Así ha sido y así será toda mi vida. Antes que nadie, yo ya me preguntaba quién cojones me creía y seguí haciéndolo hasta que decidí escribir sin considerarme escritor, que es mucho más cómodo. Por eso agradezco que esto sea una versión de los hechos. Así puedo escribir a mis anchas.

Aunque, pensándolo bien, la pompa de la literatura palidece ante las putadas de la vida. ¿Qué me importaría a estas alturas escribir una novela de mierda? ¿Qué me importa ya el ridículo? En fin.

Llegué a la librería y estaba cerrada. Pero Ignacio me llamó desde la terraza de enfrente. Con las piernas cruzadas y las manos entrelazadas sobre la barriga, jugando con sus pulgares y mirándome con los ojos afilados, como si intentase desentrañar mis pensamientos, me indicó con la cabeza que me sentase a su lado. «En la trinchera, antes de la batalla, no hay nada como calentarse las manos y el cuerpo con un café hirviente», me dijo. Llevaba la misma ropa que cuando lo conocí, pero recién planchada. ¿Le importaba mi incorporación? ¿Quería darle cierta solemnidad? Me lo imaginé en la penumbra de su habitación de la plancha, en una casa que se le había quedado grande, mimando su ropa de toda la vida, demorándose en el cuello de la camisa, en los puños, en el bolsillo, afanándose en domeñar cada pliegue. El café estaba muy caliente y malo; ciertamente, era de trinchera.

Me contó que durante el mes de septiembre tenía mucho

trabajo debido al inicio del curso escolar, y me adelantó que el goteo de padres recogiendo los libros de sus hijos sería incesante. Hablaba sin parar, pero un libro bocabajo que había junto a su café distrajo mi atención. Finalmente, le pregunté: era *La casa de las bellas durmientes*, de Yasunari Kawabata. Nunca había leído autores japoneses; no por nada, sino porque mi camino lector había ido por otro lado, le reconocí. Me recomendó que lo leyera; un estilo frío, elegante, creo recordar que dijo. A pesar de parecer cansado, transmitía entusiasmo; a pesar de los años, le seguía plantando cara al paso del tiempo. Era un hombre bueno, tranquilo, culto. Y siempre sonreía levemente, como los melancólicos, los derrotados, los que se abandonan en el jardín de su inteligencia. Quizá me hubiese podido sorprender con alguna historia de su pasado, pero dudo mucho que hubiese influido en la opinión que poco a poco me iba formando sobre él. Su conducta lo delataba.

Ya en la librería, me pidió que estuviera junto a él, que prestase atención a todo lo que hacía y que nunca le consultase nada delante de los clientes, a los que no quería hacer perder el tiempo: ese era su método didáctico. Por el lugar y por el jefe, me sentí más aprendiz que becario, que por lo menos sonaba mejor.

Dos mujeres de unos cuarenta años fueron las primeras en entrar. Aceleradas, con prisa, saludaron a Ignacio y le pidieron sus encargos. Ignacio se fue al almacén, y a mí se me olvidó acompañarlo. Empezaba fuerte.

Mientras tanto, ellas se interesaron por mí, y cuando les dije que era mi primer día, dieron por hecho que Ignacio se iba a jubilar, lo cual negué, aunque no sabía quién estaba en lo cierto. Quizá era lo primero que debería haber pensado, lo más evidente, pero no barajé esa posibilidad. En cualquier caso, sembraron en mí la duda.

De vuelta, Ignacio apareció cargado con una torre de libros que, a tres pasos del mostrador, se desmoronó; no pudo con tanto peso, le fallaron las fuerzas. Las clientas y yo le ayudamos a recoger todo inmediatamente, a pesar de que él, acalorado, tembloroso, nos pidiera que no nos preocupásemos.

Una vez se hubo restaurado el orden, continuamos con la venta. Sus hijos iban a la misma clase, así que los pedidos coincidían. Observé a Ignacio registrar la primera compra y cobrar, y después me mandó que lo hiciera yo: no tuve ningún problema. Finalmente, les entregamos las bolsas con sus manuales y se marcharon, no sin antes desearme suerte. Sonreí satisfecho hasta que me crucé con la mirada reprobatoria de Ignacio.

La mañana transcurrió tal y como habíamos previsto. Pronto descubrí que lo peor del trabajo era aguantar a algunas personas; trabajar de cara al público supone, a menudo, aguantar a gente impertinente, despótica, imbécil. Pero se podía soportar: no eran préstamos hipotecarios. Aprendí a cobrar, a revisar el estado de los pedidos, a buscar libros en la base de datos y solicitarlos, y no tardé en sentir que controlaba la situación. Estaba contento, animado. Tan solo me preocupaba la fragilidad que había mostrado Ignacio. ¿Quería jubilarse o solo necesitaba un poco de ayuda? Probablemente, la conclusión a la que habían llegado las dos clientas no era sino una elucubración sin fundamento, pero una mente picada por la curiosidad es imparable, así que empecé a ver muestras de declive por todas partes. Para extraer un folio de entre todos los del archivador de las facturas, por ejemplo, tenía que soplar para abrir hueco y poder cogerlo, porque su pulso era nefasto. También producía un ligero silbido al respirar, lo cual podía deberse únicamente a la obstrucción provocada por los pelos de la nariz, pero quién me decía a mí que no empezaba a asomar un enfisema pulmonar. El cerebro, al menos, parecía funcionarle bien.

Me entretuve observando a los clientes: unos se dirigían sin titubear a una estantería y cazaban los libros como halcones; otros parecían entrar para pasear y disfrutar del aire acondicionado; también los había que merodeaban en torno a una sección y leían primeras páginas, y luego estaban los de las preguntas inesperadas: cuál es el mejor libro para superar una ruptura, cuál es el libro de la enfermera que se ha hecho famosa en la tele... Descubrí que no es una gran idea trabajar en una librería si lo que pretendes es leer en el trabajo; de hecho, si esto sucede, significa que la librería va mal y cerrará; si va bien, el día a día se parece más a una mudanza que a un retiro espiritual.

El mejor día de mi primera semana fue el jueves. Una joven pecosa, de piel clara, entró en la librería y empezó a rondar la zona de narrativa extranjera. La observé con atención, tanta que Ignacio me dio un leve codazo para que me centrase en mis asuntos. Aun así, continué mirándola y vi cómo consiguió coger con delicadeza un libro al que llegaba con dificultad: de puntillas, introdujo su dedo índice entre el volumen que buscaba y el de al lado y, poco a poco, fue extrayendo el deseado presionándolo ligeramente. Después lo dejó en otra balda más accesible, más abajo, no sin antes mirar con pillería a su alrededor.

No era la primera mujer guapa que entraba en la librería, pero fue ella la que más me gustó. Los detalles que determinan los enamoramientos son arbitrarios, inesperados, mínimos. Por eso son un fracaso y una ridiculez las estrategias de cortejo. Hay que ser muy estúpido para intentar controlar lo caprichoso de las emociones, de los sentimientos. La ilusión se manifiesta de súbito, inopinadamente. Quizá influyó su abrigo largo azul marino, o su melena negra, o sus gestos de concentración al leer. Lo primero que pensé al verla, eso sí, fue que tenía un aire antiguo, como de película de los sesenta. Me vino a la cabeza Elaine, de *El graduado*, en esa escena en la universidad de Berkeley.

Le pedí a Ignacio que me dejara atenderla, sobrado de confianza. Pero no sirvió de nada: no me hizo ni caso. Se comportó a la perfección si su intención era que me sintiese transparente. Pagó, dio las gracias y se fue, sin más. Eso fue lo mejor de la semana.

De lunes a viernes, entre el trabajo y mi decisión de comer todos los días con mi abuela, apenas veía a Negro y a Berto, tan solo por la noche. Luego llegaba el fin de semana y rompíamos con toda la rutina anterior.

Un día acompañé a Berto a uno de los eventos en los que trabajaba como pinchadiscos. Solo tenía que ir con traje y decir que estaba de prácticas.

Fuimos en moto al hotel en el que se celebraba la fiesta, y durante el trayecto me explicó que no era una boda, sino un final de grado de unos estudiantes de Turismo; es decir, un caramelo, pues el nivel exigencia sería mínimo: no eran más que universitarios con ganas de emborracharse. Al llegar, el metre me miró de arriba abajo, sospechando, pero Berto se libró de él rápidamente: «Si tienes algún problema, llama a mi jefe, que nosotros queremos empezar ya a instalar el equipo», le dijo, aunque el equipo consistiera únicamente en un ordenador portátil, al que se le enchufaba el cable de los altavoces. Diez o quince minutos después, me coloqué un cigarro en la boca antes de salir a fumármelo, y el tipo no tardó en acercarse para señalarme el cartel de prohibido fumar. «Este viene calentito hoy», me susurró Berto.

Los invitados comenzaron a entrar, y aparentamos formalidad instintivamente. Entonces percibí que Berto estaba nervioso: su frente comenzó a brillar y comprobaba el orden de las canciones una y otra vez, más por obsesión que por utilidad. Suspiró y confesó: «El primer cuarto de hora es el peor; es cuando fallan las cosas». Me contó que en una boda, cuando sonaba el vals, se despistó y pasó sin querer a la siguiente canción, lo que provocó que más de doscientas personas quisieran matarlo. Ese era el origen de su miedo, un condicionante más que respetable. Una vez serenado, me pidió que fuera a la barra a por las primeras copas.

Al principio, nuestro contacto con los invitados fue profesional, distante; tan solo se acercaban para pedir alguna canción de vez en cuando. Pero por algún motivo quisieron confraternizar con nosotros, hasta tal punto que Berto llegó a erigirse en el coreógrafo de la fiesta. El alcohol lo transformó en otra persona: con total desenvoltura, pinchaba canciones de verbena y marcaba los pasos de baile desde el otro lado de la pantalla del ordenador, y todos seguían sus directrices con vehemencia, entregados. La mesa que nos separaba de los invitados dejó de cumplir su función de muro imaginario, y la gente terminó bailando a nuestro alrededor. La fiesta, sin duda, fue un éxito, por eso no nos extrañó que, tras la barra libre, nos invitasen a la discoteca en la que habían contratado reservados para continuar la noche.

No llegamos a darles ninguna respuesta. La conversación la interrumpió el metre, que había estado observándonos durante toda la celebración; a sus ojos, nuestro comportamiento fue tan censurable que no hizo otra cosa que tomar nota de nuestras andanzas. Cuando la gente empezó a salir, encendió las luces y se lanzó hacia nosotros para decirnos que estábamos más borrachos que los invitados, que éramos unos sinvergüenzas. Berto, pidiéndole calma con las manos, le dijo: «Se lo han pasado bien, ¿no? Pues ese es mi trabajo». Pero el metre insistió en todo lo que habíamos bebido, en todo lo que habíamos gastado, y amenazó con avisar a nuestro jefe. Entonces, estas fueron las últimas palabras que le dirigió Berto: «¡Tómate tú una copa y relájate, hombre, que estás avinagrao!». La cara del metre se enrojeció de ira, las venas se le empezaron a marcar en sus sienes: la hostia era inminente. Pero, por suerte, reaccioné rápido y encontré la forma de huir de aquella conversación: «¡Ya está aquí el ascensor!». Agarré a Berto del brazo y salimos pitando.

El habitáculo estaba casi lleno; aun así, los que estaban dentro se apretaron para hacernos hueco. Gran error: antes de que se cerrara la puerta, un crujido nos estremeció; segundos después, cuando el ascensor iba a subir del sótano a la planta baja, a la recepción, se descolgó. ¡Zas! Y una nube de polvo nos cegó. El ascensor se había precipitado hasta el suelo, que por suerte estaba muy cerca, de lo contrario... Ese pensamiento me estremeció, me enmudeció, como al resto, porque nadie gritó. Estábamos paralizados, aturdidos. Ni siquiera habíamos tenido tiempo para tener miedo. Lo primero de lo que tuve consciencia fue del dolor de rodillas. No me caí porque estábamos apiñados, convertidos en un tronco compuesto por nuestras respectivas fragilidades.

Dos limpiadoras vinieron corriendo a ayudarnos, y salimos uno a uno de allí. No fue fácil, porque el ascensor se había quedado a medias entre la planta del sótano y el subsuelo, así que tuvieron que tirar de nuestros brazos para sacarnos. Entre sus esfuerzos y los de los que empujaban desde abajo, conseguimos ponernos a salvo. Cuando llegó mi turno, recé por que el ascensor hubiese descendido del todo, para no ser guillotinado —como María Antonieta pero en un hotel de precios populares, un horror—. El último en salir fue el más alto de todos; sin que nadie se lo propusiese, se presentó voluntario. Creo que luego se arrepintió, pero ya era tarde; la valentía es relativa; a veces tan solo es un fallo de anticipación.

Todos, por tanto, sobrevivimos, pero lo que ocurrió después no fue poca cosa: no pasó nada. Quizá por la conmoción, por el alcohol o por todo a la vez, nos limitamos a salir a la calle. Y tampoco los del hotel dijeron nada, quién sabe por qué. El caso es que, sencillamente, nos fuimos. Y jamás se supo nada de aquello, ni quejas ni reclamaciones de responsabilidad. Todo quedó reducido a un susto.

De vuelta, en la moto, el frío me cortaba la cara, apenas podía respirar. Pero la ciudad estaba desierta, los semáforos hacían el ridículo, así que llegamos pronto a casa. Se nos habían quitado las ganas de fiesta. El cuerpo nos pedía sábanas, manta y olvido.

No creo en Dios, pero también me cuesta creer, por ejemplo, que la nada explosione. Es decir, para mí, creer en la teoría del Big Bang es más o menos lo mismo que creer en Adán y Eva. Intento ser honesto conmigo mismo, nada más. Y lo cierto es que la confianza en la ciencia, en la mayoría de los casos, no es más que un acto de fe. Porque ¿quién se detiene a comprobar que las certezas socialmente asumidas son verdaderamente ciertas? ¿Acaso podría alguien vivir así sin volverse loco? Sin duda, el estudio podría alumbrar algunas sombras, pero eso supone sacrificar mucho tiempo y, en mi caso, la única verdad que concibo me impide hacerlo: voy a morir. Esta idea, este axioma, me empuja a ver más lógico volcar la inteligencia que pueda tener en vivir y no en comprender la vida, porque ¿cómo va a estar la conciencia de la vida por encima de la vida? Por tanto, prefiero ser un hombre de acción que de reflexión; prefiero, en definitiva, que me manche toda esta farsa que nos rodea. Porque ¿quién está aprovechando mejor su existencia: el adolescente responsable que se deja la vista en los libros, o el que se congela el culo besando a su novia en el banco de un parque? Sí, nada es blanco o negro, hay medio entre los extremos. Pero, aunque no quiero hacer apología del antiintelectualismo, porque un poco de estudio no está mal, ¡hay que extremar el cuidado! No se puede ceder ni un milímetro más de la cuenta ante la reflexión, no se puede bajar la guardia, de lo contrario le ciegan a uno sus pensamientos. En ese sentido, para prevenirnos de la abulia, de la vida desperdiciada, la idea que debe estar haciendo guardia en nuestra cabeza es la siguiente: ¡vamos a morir ya! ¡Vivamos!

Estas teorías me las repetía sin parar, intentando convencerme, por si interiorizaba el discurso. Pero no lo conseguía. Inevitablemente, siempre he vivido más en mi cabeza que en el exterior, y he tratado en vano de aplicarme a mí lo que le funciona a los demás. Tan cierta como mi futura muerte es mi pasividad; mi reacción más habitual suele ser no reaccionar; mi sentimiento más habitual, no sentir nada. Actúo por lógica, tratando de encajar. Solo a veces mi mente se oscurece y me ciego; mi voluntad se desliga de mi cuerpo y dejo de ser yo quien manda: entonces paso a la acción, soy todo impulso. Pero cuando esto sucede suele conducirme al arrepentimiento. Es decir, cuando actúo lo hago mal. Y estos brotes repentinos, perniciosos, influyen irremediablemente en la otra parte de mí, que termina prefiriendo la inactividad, aislarse, para evitar nuevas arremetidas de violencia. De este modo se ha ido conformando mi conducta, tratando de anular lo imprevisible. No podía permitirme que la vida se convirtiese en un vaivén continuo entre decirme lo que no debía hacer y lidiar con las consecuencias de haberlo hecho, entre la pesadumbre y la ira; si juegas al azar, el azar te la termina jugando, es una cuestión de estadística. Por todo ello, materializar mi voluntad nunca me ha resultado nada fácil, aunque jamás he dejado, cautelosamente, de intentarlo.

No sé cuántas veces vimos *Salvar al soldado Ryan* en aquel piso. Nos parecía perfecta para la hora de la siesta, porque lo que más nos gustaba era el principio, la escena del desembarco en las playas de Normandía, así que no nos importaba quedarnos dormidos después. Los primeros veintisiete minutos los vivíamos con intensidad y concentración; durante el resto de la película nos dejábamos llevar por lo que el cuerpo nos pidiese. Una y otra vez repetíamos el mismo ritual con el mismo regocijo. Por eso recuerdo todavía el desarrollo de la ofensiva de aquel verano, al norte de Francia. Aunque una de aquellas siestas repetidas se interrumpió de forma abrupta, y desde entonces no volvimos a ver la película.

Las barcazas de desembarco nos transportaban hacia la playa de Omaha. Unos soldados rezaban, otros vomitaban, otros temblábamos de pánico, porque en tierra nos esperaban los obuses, las ametralladoras, la más que probable muerte. Llegamos a la orilla y se abrió la compuerta de salida; entonces una avalancha de plomo empezó a arrasar a los de las primeras filas antes siquiera de que pisaran la arena. Salté por la borda, como si me pudiera salvar el mar, y vi cómo las balas dibujaban su trayectoria al atravesar el agua; algunas impactaban en los cuerpos de los soldados que luchaban por salir a la superficie, y la sangre se mezclaba con la sal; un camarada se enredó con su propio equipo y fue incapaz de zafarse de las correas que lo tenían atrapado: su ahogamiento me resultó triste, absurdo, frustrante (¿acaso no es eso la guerra?).

Se alternaba el ruido del caos, del infierno de la playa, con el silencio radical de debajo del agua, y era plenamente consciente del latido de mi corazón, de mi jadeo, de mi lucha por alcanzar la arena mojada, que era el primer escalón hacia mi salvación. Algunos logramos llegar a la orilla y nos protegimos tras los erizos antitanque que había repartidos por toda la playa. Me encogía de miedo ante los timbrazos de las balas al golpear el metal, mis movimientos parecían responder a descargas eléctricas. Guarecido tras las barras cruzadas, por unos segundos, me quedé paralizado ante el horror: cuerpos mutilados saltando por los aires, alaridos desquiciados, sangre, barro. Hasta que un compañero me devolvió a la realidad espoleándome con gritos y guantazos.

Sin embargo, aquella tarde abandoné el campo de batalla antes de tiempo; a pesar del tableteo de las ametralladoras y del estallido de los obuses, le perdí la pista a la película. Una guerra mucho más cercana me devolvió al sofá del salón: nuestros vecinos se estaban peleando.

Al principio no dije nada. Pensé que sería un encontronazo pasajero, nada alarmante. Pero el tono de la discusión de los vecinos se fue elevando progresivamente, cobrando cada vez más protagonismo, y terminamos mirándonos extrañados. Eran un hombre y una mujer; él tenía una voz grave, ronca, alcohólica; ella intentaba en vano apaciguar los ánimos, con demasiado miedo como para mantener la firmeza. «¡Delante de mis amigos!», acerté a distinguir entre la avalancha de reproches.

Bajamos el volumen de la televisión y nos mantuvimos en silencio. Todavía no habían caído jarrones ni hostias, pero la violencia de los gritos quizá estaba un punto por encima de lo normal.

¿Debíamos actuar? ¿Qué tenía que pasar para que llamásemos a la policía? ¿Acaso esperábamos a que ella pidiera auxilio?

Es difícil adivinar el límite que separa el demasiado pronto del demasiado tarde. Estábamos incómodos, tensos, y la discusión no cesaba.

De súbito, un portazo: «¡Estúpida!», gritó por última vez, y todo quedó en silencio.

¿No había pasado nada? ¿Lo lógico era seguir viendo la película, sin más?

No pude. Ese imbécil me había arruinado la siesta y la película, así que salí a fumarme un cigarro.

Una vez en la terraza, al otro lado del muro, vi al vecino. Estaba sentado en una butaca de bambú, de espaldas. A su lado, sobre una mesita de estilo marroquí, descansaban *Los pilares de la Tierra*. Quizá era un lector de esos que conciben la literatura como una forma más sencilla de estudiar historia (aunque esta consista en un tocho de más de mil páginas), o quizá se imponía una rutina lectora sin salirse de la estantería de los más vendidos; en cualquier caso, no era cuidadoso, porque el libro estaba manchado y maltratado en general. Junto a la mastodóntica obra también había un humidificador de puros, del que sacó un ejemplar corto pero ancho; lentamente, girándolo a un ritmo constante y dándole caladas suaves, lo fue encendiendo con una laminilla de cedro encendida. Comprobada la incandescencia del extremo, le dio una profunda calada, despidió una portentosa voluta de humo y echó la cabeza hacia atrás. Entonces me acerqué a la barandilla de la terraza para ver más, para ver al menos su perfil: piel roja, papada y pelo negro engominado hacia atrás. La información que iba recibiendo me conducía a una conclusión cada vez más fiable; además de violento, era un desagradable gordo fumapuros: mucho tenía que cambiar el panorama para quitarle la razón a mis prejuicios.

Me encendí mi cigarro sin reparar en que el chasquido del mechero iba a delatar mi presencia, y el vecino dio un respingo y se giró: «Buenas tardes», me dijo muy amablemente, mostrando una gran sonrisa. En cuestión de segundos, se había convertido en otra persona, se había metamorfoseado: ya no era una bestia, sino un agradable y educado burgués que intentaba relajarse tras su jornada de trabajo. Sorprendido, solo conseguí levantar las cejas. Su bipolaridad no era lo peor: lo peor de todo era que lo conocía.

Mi padre me llamó a las seis de la mañana para decirme que mi abuela se había partido la cadera. Salí corriendo hacia el hospital, y al llegar me informaron de que también había sufrido una infección. Existía la posibilidad de que se recuperase, pero cuando la vi me costó creerlo.

Permanecí en el hospital hasta las diez menos cuarto de la mañana; después me fui a trabajar, tal y como me pidió mi padre. Acepté con la condición de que al final del día se fuera a casa y me dejase a mí pasar la noche allí.

En la librería no estaba centrado, e Ignacio lo notó. Al final del día, cuando le conté lo que me pasaba, le molestó que no le hubiese dicho nada antes; me pidió que le mantuviera informado y que no volviera hasta que todo se solucionase (¿quién iba a imaginarse jefes así?). Llegué al hospital para hacer el relevo y le pregunté a mi padre si quería tomarse un café, pero no quiso, como era de esperar. Se levantó de la butaca, me abrazó torpemente —ante mi estupefacción— y se despidió de mi abuela con la mirada.

En la otra cama articulada de la habitación, la otra paciente tenía todavía peor aspecto; su hijo, de unos sesenta años, se acercaba a ella cada dos por tres para asegurarse de que respiraba. La respiración de mi abuela, al menos, se notaba en su pecho. Aun así, estaba demacrada. Su piel era papel de calco sobre sus venas. Sus senos, sus labios, sus brazos: todo se había vaciado de vida. Su corazón latía por inercia.

Aquella noche no dormí, aunque tampoco tenía muchas esperanzas de poder hacerlo. Y antes del amanecer, una espiración débil pero prolongada me turbó: su última bocanada de vida. Después dejó de respirar. Murió.

Mi padre no tardó en llegar, y se inició el protocolo de la muerte.

Nunca había estado en un tanatorio. Era moderno, frío, feo, pero al menos tenía un jardín, flanqueado por cipreses, en la parte de atrás. En cuanto a la burocracia mortuoria, no tardé en pasar de la estupefacción al tedio. «Vamos a prepararla antes de subirla al velatorio», nos dijo el recepcionista cuando llegamos. La muerte suena muy aparatosa a veces.

Nos asignaron la sala Góngora; la estancia era amplia, y los sofás, mullidos. Pero no me apetecía acomodarme. En una esquina, dentro de un habitáculo independiente, estaría mi abuela, a la que veríamos a través de un ventanuco hexagonal. Teníamos cuarto de baño propio, revistas, un catálogo de ataúdes, refrescos, algo para picar: fue una lástima que no estuviera viva. Allí recibiríamos a la gente hasta que se celebrara el responso, a las ocho y media de la tarde.

Lo mejor del velatorio era el ventanal que daba a la parte de atrás. Desde allí observé al jardinero podando con mimo los cipreses, mientras mi padre deambulaba con los brazos cruzados, como trastornado, por la habitación. Cuando el jardinero iba por su tercer o cuarto ciprés, el recepcionista entró en la sala y nos comunicó que ya estaba lista, que podíamos verla antes de que la subiesen al velatorio. Sin saber qué decir, lo seguimos. Recorrimos un pasillo estrecho, a lo largo del cual el frío aumentaba progresivamente, y nos hizo pasar a la sala en la que estaba mi abuela. Por concedernos algo de intimidad, se quedó fuera y cerró la puerta.

Allí estaba, amortajada. No sabía qué hacer, así que esperé a que mi padre hiciera algo. Se acercó, besó con dificultad su mejilla —era complicado inclinarse sobre ella con el borde del féretro de por medio— y se retiró. Entonces di unos pasos y me quedé frente al ataúd; repasé concienzudamente su rostro, para memorizarlo, y besé su frente, que era más accesible que la mejilla. Noté un sabor extraño en mis labios. Me preocupó que le hubieran untado un producto tóxico sobre la piel, potencialmente peligroso para mi salud. Al final me aburrió la idea.

Mi padre me dijo que nos fuésemos, pero entonces una mosca se posó sobre la nariz de mi abuela. Ambos la vimos y la espantamos. Pero aquello no podía quedar así, aquel maldito insecto tenía que desaparecer. Nuestros palmetazos llamaron la atención del recepcionista, que no solo no se sorprendió, sino que se unió a nosotros en la batalla. La mosca nos lo puso difícil, no paraba quieta. Pero mi padre cayó en la cuenta de su pañuelo de tela, que siempre llevaba escondido en la manga, y la mató de un latigazo certero. Fue un alivio.

Salí antes que mi padre, que se quedó hablando con el recepcionista; no escuché bien lo que le dijo porque prefería no escucharlo, pero creo que tenía algo que ver con el precio de todo aquel circo. Aceleré el paso de vuelta, escapando del frío a medida que avanzaba por el pasillo; después, en lugar de dirigirme directamente hacia el velatorio, entré en la capilla que había en la planta baja. Todo, desde el altar hasta las bancadas, era de madera clara, moderna, aséptica; costaba creer que aquello fuese un templo sagrado. Únicamente destacaba un cristo dorado, muy fino y bien pulido. Lo miré fijamente y le pedí que cuidara a mi abuela. Ella siempre rezó por mí, así que había llegado mi turno.

Apareció mi padre y se sentó a mi lado. Estábamos solos.

Le pregunté si le apetecía pasear por el jardín antes de volver al velatorio, y su respuesta no fue la esperada: asintió. A pesar de su frialdad y su distanciamiento, seguía deseando que, en su libertad, optase por compartir su tiempo conmigo.

Paseando, me hablaba a mí, pero parecía hablarse a sí mismo. Insistió en que era lo mejor que podía pasar, en que hubiese sido peor que la situación se alargase; su vida se había desvanecido mucho antes que su cuerpo, ya no quedaba nada de ella. Guardamos silencio y nos fumamos un cigarro, que no es lo mismo que dar por terminada la conversación. «Me cuesta mucho...», me dijo después de apagar su colilla. «Ya lo sé», le respondí, aunque no fuera del todo cierto.

Con poca naturalidad, evidenciando su falta de práctica, se interesó por mi vida. Pensé que me prestaba atención, así que incluso le pregunté qué le parecía que ya no fuese abogado. Pero una opinión suya era pedir demasiado. Se aturulló.

Cuando volvimos a la sala Góngora, mi abuela ya estaba en su tabuco. Nos esperaba un largo día hasta que se celebrara la ceremonia, y aquel no iba a ser el último trámite: a las nueve de la mañana del día siguiente la incineraban, lo que añadía unas cuatro horas más de espera, el tiempo necesario para reducir un cuerpo a cenizas.

Mi padre evitaba tocar nada con las manos, y no sé cuántas vueltas le dio a la sala. Yo estuve gran parte del tiempo en la cafetería, y pensé en el trabajo de la camarera, siempre atendiendo a clientes abatidos. La suma de todas aquellas horas, flemáticas y cargantes, dieron como resultado la nada.

Cuando llegó la hora del responso, trasladaron el ataúd a la capilla, y nosotros lo seguimos en procesión. El cura comenzó con unas palabras apelando a la vida eterna, tema que abordó como un opositor cantando temas. Después improvisó un discurso sobre mi abuela a partir de las cuatro palabras que había intercambiado con mi padre, y habló de ella como si la conociera. Su hipocresía y la capilla casi vacía me deprimieron.

Terminó el responso y volví a quedarme solo con mi padre.

Me dijo que iba a pasar la noche en el tanatorio: no quería dejarla sola. Estuve a punto de intentar que cambiase de idea, pero antes de hacerlo lo comprendí. «Mañana por la mañana nos vemos. Descansa», me dijo.

Salvo a Ignacio, no había avisado a nadie de lo sucedido. Mis amigos no sabían nada ni era posible que se enterasen por un tercero, así que era el culpable de mi soledad; muchas veces somos nosotros mismos los que la promovemos, los que evitamos el apoyo ajeno, pero no siempre por voluntad propia, sino por torpeza social, por incapacidad. No me sentó nada bien esa idea entonces, me entristeció. No le encontraba sentido a tanto dolor y tan poca sangre.

Mi padre me dio las llaves de su coche para que me fuera a casa. Al día siguiente los recogería a él y a mi abuela.

Cuando salí a la calle, había empezado a llover. Pero llovía con desgana, cumplidora, funcionarialmente; el suelo no llegaba a mojarse. No eran molestas, por tanto, las escasas gotas que caían sobre mí, pero troté hacia el coche. Olía a ropa húmeda.

El tanatorio estaba en un polígono, a las afueras de la ciudad. Confié en mi intuición para volver a casa y me perdí. Pero me dejé llevar: empecé a dar vueltas sin sentido ni preocupación. Hasta que vi un barullo de gente haciendo cola frente a una conocida discoteca de música electrónica. Nunca había estado allí, no era mi ambiente: drogadictos sin complejos, enorgullecidos, que desdeñaban ridículamente lo popular (¡los que conocen la cara B de la ciudad, los que van más allá!). Lo cierto es que debían de tener un interés especial por la música o por lo que allí se consumiese, porque era un lugar mal comunicado, alejado de cualquier cosa que no fueran naves industriales. Aprovechando la coincidencia, decidí visitar ese mundo del que había oído hablar y al que nunca pensé que me acercaría. ¿Tan desagradable me resultaría la música? ¿Tan intratables serían los feligreses? Sin pensarlo demasiado, aparqué en la calle de al lado y me fui hasta la puerta.

Llamé la atención por mi ropa: no iba vestido con marcas caras de surf o snowboard, sino con camisa y jersey (prendas de un precio muy inferior pero que me vinculaban inevitablemente a la tribu urbana de los pijos). Avancé con determinación hacia la barra, esquivando miradas recelosas, y me acodé en una esquina. La camarera no mostró asco ni desdén, sino amabilidad; supongo que, al contrario que al resto de los presentes, le llamó más la atención mi soledad que mi apariencia. O quizá estaba harta de la clientela habitual, quién sabe. Desde el otro lado de la barra se ven las cosas de otra forma. En cualquier caso, me sirvió la primera copa con una sonrisa, a mi juicio, sincera.

Y no solo eso: empezó a sonreírme cada vez que se acercaba a la nevera de refrescos, que estaba a mi lado. Además, cada vez que se inclinaba para coger una botella, le veía las tetas. Llevaba una blusa demasiado suelta y abierta, y mi vista llegaba casi hasta su ombligo. Al principio pensaba que no se estaba dando cuenta. Pero luego dejé de tenerlo tan claro, y no me moví de ahí.

Pedí una segunda copa. «Tú me dices cuándo paro», me dijo mirándome juguetonamente a los ojos mientras me servía la ginebra. Después, cuando le pagué, sentí que se demoraba al darme el cambio para prolongar el tiempo de contacto de nuestras manos. Tenía el pelo rizado y negro, y los ojos, azules; estaba delgada, quizá demasiado, supongo que por la cantidad y la calidad de su trabajo, aunque los vaqueros, altos y ajustados, evidenciaban un culo y unas piernas todavía turgentes. Labios finos, pómulos marcados y dentadura perfecta: su belleza contrastaba con la fealdad del antro en el que se pasaba las noches.

De pronto, me topé con la mirada represora de un portero de la discoteca, que estaba al otro lado de la barra. Seguí bebiendo como si nada, pero el tipo no me quitaba el ojo de encima. La camarera se dio cuenta y mudó su sonrisa por un semblante serio. El imbécil iba a joderme la noche, no dejaba de mirarme. Me apoyé sobre la barra y llamé a la camarera para pedirle otra copa y preguntarle, socarronamente, quién era el hombre de negro que no nos dejaba en paz. Pero no me siguió el juego. Se centró en su trabajo. Y entonces el portero empezó a bordear la barra, dirigiéndose hacia mí.

Se detuvo justo a mi lado. Se plantó con las manos detrás de la espalda, sacando pecho, las piernas ligeramente separadas y la cabeza inclinada, apuntándome con la barbilla. No sé si esperaba que le dijera algo, pero él estaba enviándome un mensaje a través de su postura, así que decidí contestarle en su idioma: levanté las cejas en lugar de preguntarle qué quería. Nos mantuvimos así un buen rato, en silencio, con la música electrónica de fondo. Él me miraba con aire chulesco, y yo le daba sorbos a mi copa. Hasta que entendió más oportuno recurrir al lenguaje verbal: «Es mi novia», me soltó, y me quedé pasmado, porque todo estaba estúpidamente claro, no había más que hablar. La miré a ella (me apiadé de ella) y después lo miré a él. Entonces, inesperadamente, me hizo gracia que fuera más bajo que yo, es decir, que fuera un portero de discoteca chiquitito. Y no pensé mucho más: directamente le di un cabezazo en la nariz. No tomé la decisión de hacerlo ni valoré las consecuencias; sencillamente, me dejé llevar por la tentación de arrojar mi frente sobre su tabique nasal.

Gocé con el crujido, con la fractura. Cuando levantó la vista, con la cara ensangrentada, el portero chiquitito me pareció más asustado que dolorido, no sé si incluso lloraba. Me quedé mirándolo, cautivado. Y disfruté con la transformación de su rostro cuando le sobrevino la ira. Hasta que, una vez se hubo repuesto, me dio un puñetazo en el pómulo y se abalanzó sobre mí, empujándome contra la barra. Sus manos no se correspondían con su estatura: me rodeó completamente el cuello y empezó a estrangularme. Aunque no llegó a cortarme la respiración, porque pronto llegaron los refuerzos. Un portero nos separó, y otro me retorció los brazos, uniendo el dorso de mis manos a mi espalda, como si fuese a esposarme, y me condujo hasta la salida de emergencia.

Había empezado a llover con fuerza, con espíritu revanchista, y olía a limpio. Agradecí el contacto del agua sobre mi piel.

Tres o cuatro porteros me rodearon, con su ropa negra, sus pinganillos y sus ganas de pasarlo bien, y empezaron a remangarse. No tenía miedo. Tan solo esperé a que llegaran los golpes. Y el aluvión de patadas no tardó en desencadenarse. Las costillas, las cejas, los lumbares, la barriga... Fueron pocas las partes de mi cuerpo que dejaron intactas. Lamentablemente, no vi el espectáculo completo (dolor físico y sangre: el placer de la lógica), porque perdí la consciencia.

Imagino que me dejaron tirado en la calle mientras al portero chiquitito lo curaban delicadamente, como a un niño que se ha hecho pupa jugando al fútbol, y alguien debió de llamar a una ambulancia (¿la camarera?), porque me desperté al día siguiente en el hospital, con mi padre al lado de la cama y la urna con las cenizas de mi abuela sobre una silla. Trasladándose en taxi de un lado para otro, se había encargado de todo.

De pronto, caí en la cuenta de mis obligaciones y llamé a Ignacio. Pero cuando cogió el teléfono reparé en que no podía contarle el motivo de mi ausencia, así que improvisé. Le dije que, al volver del tanatorio, me habían robado y me habían dado una paliza. Él no hizo preguntas; sin titubeos ni alteraciones, me repitió lo mismo de siempre: que volviese cuando todo se hubiese solucionado y que no me preocupase, porque ningún contrato nos imponía nada a ninguno de los dos. Era, en definitiva, un hombre bueno que pagaba en negro.

Aquella resaca no la superé, sino que la eludí. Cuando el arrepentimiento no es excesivo, puede merecer la pena enfrentarse a él, pero es un error intentarlo cuando el bochorno marca récords históricos. Uno debe conocer sus limitaciones y elegir bien a sus enemigos, y librar aquella batalla me hubiese conducido a una depresión más profunda, así que no acudí a aquel duelo al amanecer. Huí, me di por vencido, decidí.

Supongo que todos tenemos algo que ocultar. Todos aprendemos a vivir soportando brotes más o menos frecuentes de mala conciencia. Y cargamos con ese lastre, mayor o menor, hasta la muerte. Pensándolo bien, sobrevivir a tantos silencios encallados tiene su mérito.

No sé si mi memoria mengua, si es perezosa o si lo segundo es síntoma de lo primero. Se trata de la preocupación de siempre: ¿estos despistes son motivo suficiente como para ir al médico? ¿Me ha llegado ya el momento de sufrir las consecuencias de la ingesta continuada de alcohol?

No recuerdo, por ejemplo, la cara del portero al que le partí la nariz. Recuerdo la sensación, el crujido; recuerdo las tetas de la camarera, el tonteo, el calentón. Pero las caras no consigo retenerlas. Aunque espero que al portero chiquitito le pase lo mismo, porque acumular personas con motivos para vengarse de uno es un peligro, como una enfermedad silenciosa que en cualquier momento puede dar la cara.

Solo estuve dos días en el hospital, eso sí lo sé con certeza. Sorprendentemente, no tuve ninguna lesión grave, y pude salir de allí por mi propio pie. Curé mis heridas durante quince días, hasta que me quitaron los puntos, y la paliza quedó reducida a un puñado de cicatrices repartidas por mi cuerpo. Cuando pisé la calle, la ropa ocultaba todo el daño salvo una pequeña herida encima de la ceja, cubierta por un apósito, así que, después de todo, no tenía tan mal aspecto; podía hacer mi vida sin espantar a nadie.

Mi padre no me reprochó nada; quizá prevaleció su abulia, su preferir no discutir pasara lo que pasase; pero esta vez creo que ese no fue el motivo de su silencio; creo, de hecho, que intuyó la realidad de lo acontecido y me comprendió, o quiso hacerlo, algo que yo no llegué a intentar. En cuanto a Negro y Berto, cuando hablé con ellos había tenido tiempo suficiente para darle forma a mi mentira, así que se convirtió en verdad. Dentro de unos años, yo mismo dudaré si al final me atracaron o si me dieron una paliza unos porteros. Tampoco tengo ya del todo claro si esto es mi versión de los hechos o un juego, un pasatiempo. En cualquier caso, como iba diciendo, aceptaron lo que les conté, oficializándolo.

Al volver a la librería, Ignacio me saludó con una efusividad llamativa; no por ser excesiva, sino por ser desmañada: quiso abrazarme pero no se atrevió a hacerlo, no pasó de las palmadas en la espalda. Sin embargo, su evidente dificultad para decirme sin palabras que estaba en mi casa, que siempre sería bienvenido, redoblaba el efecto de un abrazo. Porque conocía esa incapacidad y ese esfuerzo, porque ya sabía que, perdida la inocencia infantil, prevalece la torpeza. «¡Qué bien, qué bien que estés ya aquí!», me repetía.

Podría haberme reincorporado otro día, pero tan pronto como pude volví al trabajo. Quizá estaba perdiendo mi talento para el ocio, quizá estaba asumiendo gustosamente mi esclavitud, pero lo cierto es que no se me ocurría nada mejor que hacer que pasar los días con Ignacio en la librería. Además, tuve muchísima suerte: esa misma tarde vi de nuevo a la joven pecosa.

Esta vez se acercó directamente a mí y me pidió un libro y la opinión que tenía sobre este. Le respondí que me gustaba tanto o más que el anterior que había comprado, y le sorprendió que me acordase. Entonces temí que pensara que era un psicópata y me inventé que justo aquel libro nunca me lo habían pedido. Error: esas mentiras le quitan su encanto a la vida. Aun así, me dijo que quería darse de alta como socia de la librería. «¡Estupendo!», grité descontrolado, deseoso de remontar la partida. Por suerte, le hizo gracia.

Mientras la registraba en el sistema, me preguntó por el apósito. Pero de un modo cuidadoso, no chismoso. «Nada importante, tonterías», le respondí. Se llamaba Mara, y había nacido en el ochenta y nueve, como yo. Finalmente, me dio su número de teléfono, lo que se convirtió en una tentación desde aquel mismo momento.

No llevaba el abrigo largo azul marino, así que intuí su figura, y un resorte atávico disparó en mi cabeza la palabra fertilidad. Me gustaba cómo se movía; se desenvolvía con naturalidad, sin contoneos forzados ni movimientos encasquillados. La belleza no tiene nada que ver con la lógica y la simetría. Se fue y todo en mí fue placidez.

Antes de volver a casa, fui a la zapatería La veloz. Después de mi fiesta poligonera tenía los zapatos hechos un cristo, y después de ver a Mara me dio vergüenza. No estaba acostumbrado a cuidar mi calzado, sino a cambiarlo, pero recordaba a mi padre dedicándole tiempo y mimo a la tarea, dándole importancia, así que compré los aparejos que mi memoria había retenido de los que había en su caja metálica privada, escondida debajo de su mesita de noche: un bote de grasa de caballo, una esponja y un cepillo. Primero limpié la suciedad superficial con un trapo; después abordé la inmundicia más tenaz con el cepillo y, finalmente, enjugué todo el cuero con la grasa de caballo y dejé que los zapatos se secaran en la terraza.

Siempre pensé que mi padre perdía demasiado tiempo limpiando sus zapatos, pero ahora lo entiendo. Fue una tarde especialmente tranquila, de intimidad recién recuperada.

El sol ya no rebotaba sobre los adoquines de las plazas, pero aún enrojecía las fachadas. En las calles, las buganvillas ya habían estallado de primavera y los cipreses llevaban tiempo atormentando a los alérgicos. La vida es una retahíla de contratiempos. La felicidad son momentos de despiste.

Viernes

La compasión es una trampa. Normalmente, de hecho, no es ni compasión, sino egoísmo, teatro onanista. Además, ¿de qué sirve? Promueve la pasividad, no el arrojo. Dios me libre de la falsa y demoníaca misericordia. Qué peligro tienen los que viven a la caza de dramas ajenos. El respeto se muestra en silencio, sin aspavientos. Satán se disfraza de piedad.

Mi padre aguantó mejor que yo la jornada en el tanatorio,

y encajó sin quejas las consecuencias de mi escapada poligonera. Él tiene un hijo, no como yo: supongo que la diferencia es importante.

Últimamente lo veo con frecuencia, y cada vez habla más. El otro día, por ejemplo, le conté que Gallardo había ido a dar una charla a un barrio pobre de la ciudad, y que, mientras explicaba qué hacer frente a los abusos de las empresas de telefonía, le robaron la cartera. Fue en un alarde altruista y se volvió sin dinero. Ante esta historia, me dijo que mi amigo es imbécil y que debería calmar la mala conciencia que le provocan sus privilegios («¡no tiene la culpa de tenerlos!») de otra forma. Me alegró que incluso se alterara un poco.

Ahora que paso más tiempo con él, pienso que un hijo no agradece las muestras de fragilidad de su padre, sino que ejerza de padre.

Tomarme un café con Ignacio antes de empezar a trabajar también se ha convertido en hábito. Disfruto de su perspectiva de la vida, de su forma natural de no pedir nunca nada a cambio. Ayer me dijo algo que se me quedó grabado: «Solo se vive dos veces: cuando lo haces inconscientemente y cuando piensas que ya se te ha hecho tarde». Habla poco, lo justo, pero cada vez que lo hace me quedo con las ganas de apuntarlo en una libreta. Solo maldice por las decisiones que toma su hijo. Se revuelve porque le duele.

La ligereza con la que vivían mis amigos influyó en mi estado de ánimo. Nuestras respectivas obligaciones no eran sino el trámite con el que debíamos cumplir antes de entregarnos a lo que de verdad nos interesaba: beber, fumar, charlar. Así encajé la muerte de mi abuela.

Mi nuevo trabajo no me desgastaba mentalmente ni me ocupaba tanto tiempo, así que tenía una vida sencilla, que ya es más que suficiente. Lo que no había conseguido estudiando una carrera, lo conseguí gracias a Negro. Pero cuando apenas era consciente de mi suerte, entró en escena el hijo de Ignacio, Javier.

Vestía con colores muy vivos y lucía una melenita a capas fijada con laca; se desenvolvía con arrogancia y brutalidad, y forzaba las eses para ocultar su acento. En mi cabeza, automáticamente, lo bauticé como el Ilustre. No tenía nada que ver con Ignacio. Pensé que era adoptado, pero nunca lo pregunté. Cualquiera puede tener un hijo gilipollas.

Lo conocí un viernes, y lo primero que hizo fue pedirme un favor, aunque a través de su padre. Estaba a punto de cerrar la librería cuando aparecieron por allí. Ignacio fue al grano: quería que tramitara el divorcio de su hijo.

Vivía en Madrid, y trabajaba en la empresa de su suegro, así que tenía que volverse a Córdoba, porque allí ya no pintaba nada. Les dije que nunca había llevado asuntos de familia, que la petición no tenía ningún sentido, pero el morlaco del Ilustre no dejaba de embestir: que iba a ser de mutuo acuerdo; que eso era capaz de hacerlo cualquiera; que me pagaría una parte por adelantado. A mí aquello me parecía muy bien, pero debido a mi inexperiencia necesitaría tiempo para estudiar el procedimiento, independientemente de su dificultad. Ignacio me explicó que su nuera no tenía ningún problema con que ellos eligieran el abogado, y él no quería desaprovechar la oportunidad de contratar a alguien de confianza; por el tiempo que requiriese, además, no tenía que preocuparme, insistió. Mientras tanto, el Ilustre se obstinaba en resultar molesto: «¡Que te voy a pagar más de lo que cobras en un mes!», gritaba.

Era muy nervioso, sospechosamente nervioso. Iba a tantas revoluciones que no era capaz de atender a lo que se le estaba diciendo. Por el poco tiempo que había durado el matrimonio y por lo que el Ilustre me iba contando, deduje que estaba ante el caso de unos novios que habían necesitado casarse para confirmar que no se querían.

Me comprometí a darles una respuesta después del fin de semana. Me estaban agobiando y necesitaba tiempo para rechazar el encargo o aceptarlo con confianza. Porque había escuchado de todo, tanto que un divorcio de mutuo acuerdo era un mero trámite como que podía complicarse y convertirse en todo lo contrario; es decir, estaba muy lejos de poder prever las consecuencias del procedimiento.

Aun así, era una buena oportunidad para aprender y para tener otra fuente de ingresos; sumando miserias, quizá podría alcanzar la dignidad. Solo necesitaba a alguien a quien poder pedir ayuda. Pensé en Negro, que seguro que tendría el contacto de algún compañero de Derecho, así que esperé a la noche para preguntarle. Como siempre, cenábamos en casa y bebíamos en el local de Berto.

Se iban a unir Páter y Gallardo a la cena, y el primero nos preguntó si podía invitar a unos amigos suyos a las copas de después. Hizo hincapié, así que sospechamos de sus intenciones y nos opusimos para ver cómo reaccionaba. Perseveró y reconoció que tenía un plan que nos desvelaría si todo salía bien. Aceptamos y dejamos que mantuviera el misterio.

Cuando llegué a casa, Negro estaba preparando la cena. Me dijo que Páter todavía no había llegado y que Gallardo y Berto estaban en la terraza. «Parece que han hecho buenas migas con el vecino», me dijo. Aquello me hizo sospechar automáticamente, pero no quise anticiparme a posibles problemas, así que obvié el tema y le conté lo que me había propuesto Ignacio.

Antes de contestarme, cogió la olla ayudándose con un pañuelo para no quemarse, se acercó al fregadero y vertió la pasta y el agua hirviente en el escurridor; después meneó la pasta al dente, la devolvió a la olla y la mezcló con tomate; hecho esto, cogió dos cervezas de la nevera, me dio una y nos sentamos en la mesa de la cocina: «Ahora sí, cuéntame».

En cuanto al divorcio, a Negro le parecía bien que llevase algunos asuntos de vez en cuando. No tenía sentido, de lo contrario, seguir colegiado como abogado, apuntó, y tenía razón. Me habló de José Ignacio, un antiguo compañero de clase, «que siempre iba con Barbour», y que frecuentaba la tienda. No sabía a qué rama del derecho se dedicaba, pero le daba la impresión de que le iba bien; además, tenía su número de teléfono guardado en la base de datos, así que el mismo lunes podría llamarlo. Le pregunté si acostumbraba a usar la información obtenida por cuestiones laborales para intereses personales y casi vomita de la risa en mi cara. De esta forma, sin él saberlo, no me había ayudado a tomar una decisión, sino dos: aceptar el encargo de Ignacio y aprovechar el registro de la librería para llamar a Mara.

A lo lejos se oía un rumor de carcajadas. Hice como si nada, no quería encontrarme con el vecino, pero, resueltas mis dudas, Negro no tardó en zanjar la conversación: «Bueno, vamos a ver qué traman estos en la terraza».

Se reían a barriga partida. El vecino estaba inclinado sobre el muro divisorio, con el codo apoyado como en la barra de un bar y una copa de vino tinto sobre su mesa moruna, que había arrimado a la frontera que nos separaba. Aunque acabase de conocer a Gallardo y a Berto, estaba relajado y se comportaba con naturalidad; era un hombre a quien parecía que la compañía le daba más o menos igual, porque tenía la suerte de estar siempre consigo mismo; era, en definitiva, de los que van por la vida con un cencerro colgando. Berto y Gallardo estaban de pie frente a él, cada uno con una mano sujetando una cerveza y la otra en el bolsillo, convertidos en un público entregado, obediente. Berto debía de haber olvidado que ese tipo tan gracioso con el que hablaba era el que nos había jodido una siesta con sus gritos de cochino en San Martín. Aunque quizá aquello no fue para tanto, o no es algo que normalmente sea suficiente como para ponerle la cruz a nadie. Puede que lo hubiese magnificado todo con mis prejuicios, quién sabe.

El vecino, el rebosante charlatán, se llamaba Ricardo y era registrador de la propiedad (esto último no paraba de recordárnoslo directa o indirectamente entre chascarrillo y chascarrillo). En cuanto a su carácter, podría decirse que no estaría bien descrito si recurriera al término expansivo; en este caso, explosivo se ajustaría más a la realidad. Su aspecto empeoraba por momentos; concretamente, empeoraba cuando se reía. Nunca había hablado con él, así que no había reparado en ello: a pesar de tener mucho dinero, tenía los dientes descolocados y sucios, sobre todo en la juntura de sus paletas, cuya gama de colores iba del amarillo al gris. Cumplía con todas las marcas de estatus, la ropa cara, el reloj caro; sin embargo, su dentadura era un desastre. Y no era la primera persona que conocía a la que le pasaba lo mismo. Era este un caso curioso. ¿De qué le servía tener un cochazo si resultaban repugnantes sus dientes? ¿Era algo imposible de solucionar por un dentista? ¿Se trataba, por el contrario, de una fobia? Todavía no he encontrado respuesta a esas preguntas.

Su forma y su fondo, además, guardaban gran coherencia: todo daba un asco tremendo. No tardó ni dos vinos en empezar a hablar de sexo, tema que abordaba ensuciándolo, desde una perspectiva violenta y ultrajante que asumía que compartía con los presentes (falso consenso, lo llaman los psicólogos: un infierno). Encima empezó a acompañar sus palabras con imágenes y vídeos de su móvil. Entonces me temí lo peor y acerté.

En un momento determinado, mencionó a una joven quince años menor que él, con quien decía que hacía lo que quería, lo cual incluía grabaciones sin su consentimiento. Y nos enseñó un vídeo acreditativo sin que se lo pidiéramos. Se trataba de un plano fijo en el que se le veía a él tumbado en una cama y a ella encima chupándole la polla. Mierda, pensé. Era Gadea, a la que había conocido cuando estudiaba Derecho, por la que sabía de él sin que él supiera nada de mí.

Se me revolvió el estómago. Fingí que tenía que ir al baño para estar unos minutos a solas y calmarme, para no estallar de ira. Era mejor digerir todo aquello en frío antes de hacer o no hacer nada. Tenía que mantenerme entero. El tiempo pondría a cada uno en su sitio.

Mi historia con Gadea fue la de dos desconocidos que coincidían en la misma cafetería cada mañana, la de dos personas que crearon una intimidad propia sin planearlo.

Por aquel entonces ya había decidido que me iría a Madrid al terminar la carrera, pero más por inercia, por supuesta sensatez, que por ganas (creía que Paloma me hacía bien, y la quería, pero no me veía viviendo en la capital); por eso empecé a dormir mal, a madrugar sin querer, a frecuentar una cafetería que había junto a la facultad y que abría a las siete de la mañana. Al principio, a primera hora solo estábamos un recién jubilado, alcohólico y deprimido, y yo. Hasta que una mañana apareció Gadea. Durante las primeras semanas, sus visitas eran impredecibles, aleatorias, pero después se convirtió en la tercera asidua del bar. Y aunque todos guardáramos silencio, se estableció un vínculo entre nosotros: no éramos madrugadores, sino insomnes.

Una mañana la vi especialmente nerviosa. Estaba subrayando el manual de derecho administrativo que yo había tenido que estudiarme el año anterior. Al pasar a su lado, cuando me marchaba, le dije: «Mucha suerte». Ella, abstraída, tardó en reaccionar; después me sonrió sin que se le llegaran a ver los dientes: salí de la cafetería temiendo haberme cargado aquella nada que habíamos construido, como si hubiese incumplido nuestro pacto tácito de silencio. Pero al día siguiente volvió: «¡La expropiación forzosa! ¡Me preguntaron la expropiación forzosa! ¿Te lo puedes creer?», me soltó nada más llegar. «¿Tan mal te salió?», pregunté, después de atragantarme con el café. «Yo qué sé», dijo, y se sentó frente a mí sin pedir mi aprobación.

Desde entonces desayunamos juntos todos los días. Pero nuestra relación no fue más allá: ambos teníamos pareja (aunque su relación fuese clandestina). Creo que nos gustábamos, pero actuábamos como si no fuese así, como solo amigos, como imbéciles. A veces cuestionamos todo salvo lo que menos sentido tiene, supongo que por tenerlo demasiado cerca.

Sabía que estaba con un hombre casado que prometía dejar a su mujer, y a mí me irritaba pensar que se sentía atraída por él, que se había dejado llevar por el deseo de madurez típico de las veinteañeras, por la vieja historia del embaucador adúltero. Quizá el no tenerlo nunca para ella sola la enganchaba todavía más. La entrega de los comienzos se suele disipar cuando una relación se estabiliza, y de esta forma se prolongaba la primera fase. El tipo había aprobado una de las oposiciones más difíciles del país, lo cual garantizaba una gran capacidad memorística, pero lo que a ella le nublaba el juicio debía de ser su nivel de vida, la pasta que ganaba. ¿Eso no lo opacaba su infidelidad recalcitrante ni su físico de mierda? Pues evidentemente no. Y no podía o no me atrevía a decir nada, porque no era mi novia. Así que me contaba sus tormentos amorosos y yo me convertía en su paño de lágrimas: una calamidad.

Solo cruzamos el límite el último día que nos vimos. Pagamos, salimos a la calle y nos quedamos quietos, uno frente al otro, en la puerta del bar. Tocaba despedirse –quizá para siempre–, así que no sabíamos qué decir. Entonces me besó y me quedé paralizado, ni siquiera moví los labios. Después salió corriendo, y yo me quedé allí, pasmado. Así terminó nuestra historia.

Volví a la terraza con la idea de que nos despidiésemos de Ricardo y empezáramos a cenar. Deseaba que aquello no fuese más que un encontronazo puntual, anecdótico. Pero nada más lejos de la realidad: lo habían invitado a cenar pasta, que había de sobra. Cuando me reuní con ellos, de hecho, Ricardo ya no estaba, estaba de camino a nuestro piso.

«¡Hombre, si está aquí Mudito!», me dijo al verme. Aquello iba a ser insoportable. Otro imbécil al que le gustaban los diminutivos. Me preguntó a qué me dedicaba y Gallardo se apresuró a contestar que había dejado la abogacía para vender libros; le encantaba contarlo para reírse de mi decisión, es decir, de mí. «Bueno, es que la abogacía solo tiene sentido si ganas mucha pasta. Todo lo demás es de pringaos. Pero ¡librero! ¿Ya has tirado la toalla?». El hijo de puta lo ponía difícil. Tenerlo de vecino iba a ser un infierno y más aún si le daba por frecuentar nuestro piso. Reí falsamente y le dije que lo de la librería era temporal, que estaba permitiéndome el lujo de hacer lo que me apetecía, además de que iba a empezar a llevar casos civiles en Córdoba. Me sentí estúpido, traicionado por mí mismo. «Pero oposita o algo, Mudito, que si no vas a terminar siendo un mantenido hasta los cuarenta. Te hacía yo más espabilado, eh. ¡Es broma, hombre!», remató, y me dio una palmada en el hombro. Sorprendentemente, escapé bien de aquello: «Al final me voy a tener que cagar en tu puta madre», dije irónicamente, y las risas de los demás me ayudaron a reponerme. Pero insistió con el tema del trabajo, así que tuve que buscar la manera de escabullirme: «Vamos a ver. Pero tú eres muchísimo más mayor que yo. ¿Con mi edad ya eras registrador?». Ataqué por el flanco de la edad, tiré por el camino fácil y, sin darle tiempo para responder, pregunté si alguien quería más cerveza, ya que iba a la cocina. De camino barajé la posibilidad de dejar aquella casa. Ricardo podía complicarme la vida.

Personas así solo empeoran el mundo.

Mientras me preparaba para el segundo asalto, Páter llegó al piso. «¡Lo que faltaba!», pensé, porque imaginé que podría congeniar de maravilla con nuestro invitado. Pero esto, afortunadamente, no sucedió. Quizá por la vehemencia con la que veía que el nuevo reclamaba protagonismo, quizá por su deseo frustrado de estar a sus anchas con sus amigos, lo cierto es que a Páter no le hizo gracia Ricardo, y Páter también era muy expresivo, expansivo y explosivo, así que aplacó el entusiasmo generado por el intruso. Gracias a él, sin duda, el idilio no fue más allá de la cena. Sin malas formas, con sutiles indirectas pasivoagresivas, le hizo ver que el resto de la noche era solo para los de siempre. Se lo quitó de encima.

Cuando llegamos al local de Berto ya había logrado desembarazarme de mi mala conciencia por la resaca futura, y me dirigía, imparable, hacia el final de la noche.

Llegaron los invitados de Páter, que estaban divididos en dos grupos independientes: por un lado, tres compañeras de trabajo; por el otro, dos tipos con un aspecto muy corporativo, recién salidos de la oficina. Ellos trabajaban en el departamento de recursos humanos de una empresa, y parecían clonados. Ellas, en cambio, eran fáciles de diferenciar. Una se llamaba Natalia, y su risa era tan estridente que asustaba. Otra se llamaba Rosario, y quería ser tan flamenca en sus formas que resultaba cargante. Isabel, por último, era reservada. Esta es la descripción que puedo dar de ellos, aunque, teniendo en cuenta las circunstancias, no es demasiado fiable. Lo que recuerdo perfectamente es que todos terminaron liados y que Páter no bebió pero fingió beber alcohol toda la noche. No le dije nada y esperé.

La fiesta transcurrió de tal manera que entendimos innecesario irnos a cualquier otro sitio. La puerta del baño se abría y se cerraba sin cesar. Las botellas y el tiempo se consumían con rapidez. Casi nadie reprimía sus impulsos.

Rosario e Isabel buscaron tan pronto la oscuridad con los de recursos humanos que pensé que aquello estaba organizado. Natalia, en cambio, sí estuvo un rato hablando con nosotros. Descubrimos que, además de tener una sonrisa estridente, también se sorbía los mocos sin recato; cuando dejaba de reírse lo hacía, eran como puntos y aparte, y las detonaciones en su nariz me estremecían. Por suerte, no tardó en dedicarse en exclusiva a Gallardo, que consiguió atraer su atención gracias a su recién estrenado veganismo. Estas cuestiones unen mucho actualmente; ahora origina más parejas la ideología que los gustos musicales; más se liga adoptando perros que aprendiendo a tocar la guitarra; la cosa está así y a uno solo le queda asumirlo. Gallardo en eso era muy bueno, muy adaptativo. Venía de reírle las gracias a un gordo que grababa a jóvenes sin su consentimiento y de golpe y porrazo se convirtió en un hombre preocupado por el medio ambiente. Esa versatilidad no es fácil de adquirir, requiere práctica, pero él había perseverado y era ya cinturón negro en ese arte, por eso le iba bien con las mujeres de una noche.

Cuando Gallardo y Natalia todavía no se habían quedado solos, esta me preguntó a qué me dedicaba y, antes de que le contestara, Gallardo volvió a hacerlo por mí: «Es casi abogado y casi librero; ¡es un casi en toda regla!». Hay personas cuyo humor radica en reírse de otros, a los que utilizan para sus intereses: él era así. Pero la broma tuvo éxito, y yo no fui capaz de subir la apuesta con otra igual o mejor. Sonreí como un tonto y negué con la cabeza. Me desenvuelvo dignamente en conversaciones entre dos o tres personas, pero cuando el número aumenta soy muy torpe, porque no soy capaz de soltarme, de mostrar mis cartas. Esta falta de destreza social va muy bien para acumular rencor.

Tal y como imaginé, Gallardo acompañó esa noche a Natalia a su casa. No solía fallar, y aquella noche tampoco lo hizo.

Los últimos en retirarnos fuimos Negro, Berto, Páter y yo, y cuando estuvimos solos, por fin, pudimos hablar en confianza.

«Una tontería sin maldad», previno Páter cuando iniciamos el interrogatorio. Apagó su cigarro y, después de unos segundos de silencio dramático, se detuvo y comenzó su relato. Según nos contó, había descubierto que los dos tipos eran los encargados de recursos humanos de la empresa en la que quería trabajar Carmen, su novia, y que frecuentaban un bar que estaba al lado de su casa. Recibida esta información, su cerebro empezó a maquinar un plan de ataque, y un día se plantó allí para tomarse una cerveza e intentar ganárselos; no tenía nada que perder. Aprovechó cualquier excusa para interrumpir su conversación y estuvo un rato con ellos charlando, ahí quedó la cosa la primera vez. Pero esto mismo lo repitió varias veces, hasta que consideró que había confianza suficiente como para invitarlos a unas copas con nosotros. Les ofreció nuestro plan y ellos lo compraron. Su idea era sacar el tema durante la borrachera, nada más, pero luego se le ocurrió que avisar también a sus compañeras de trabajo podía desencadenar sorpresas positivas; no se conocían de nada, pero sabía cómo eran unos y otras. Que congeniaran tan bien con sus compañeras de trabajo, al parecer, fue fortuito, pero lo agradeció, porque nunca viene mal ser depositario de secretos ajenos (ambos estaban casados). En cuanto a lo de no beber, prefirió no bajar la guardia, sencillamente. Esto le ayudó a abordar el tema de la oferta de trabajo con más seguridad. «Lo hemos hablado, pero no se han comprometido a nada», resumió.

Su plan, en definitiva, era organizarles una fiesta para conseguir que contrataran a su novia.

Estaba zumbado. Nos dio un ataque de risa.

«¡Anda que confías en los méritos de tu novia!», le reprochamos, y entonces él se rió de nuestra ingenuidad.

Nunca supe si el enrevesado plan de Páter influyó en la decisión final, pero su novia fue una de las elegidas para el puesto que se ofrecía. Sentí una rara envidia por la determinación con la que se desenvolvía Páter en la vida.

No me fui directamente a casa. Con la excusa de que necesitaba tomar el aire, lo hice dando un rodeo. El viento soplaba con fuerza, irritaba.

Al lado de donde vivía Gallardo había una plaza tranquila, solitaria: hacia allí me dirigí. Me senté en un banco y esperé un rato, hasta que apareció. Caminaba con la pachorra de recién follado y se le derramaba media sonrisa por la barbilla. Era estúpido, pero no tanto como para no saber que esa noche se había pasado conmigo. Se acercó y me saludó levantando la cabeza, pero yo no hice lo mismo; me preguntó algo, pero no le contesté. El silencio y el viento hablaron por mí.

Era un hijo de puta al que prefería no ver pero que tenía que aguantar a menudo. Encima se había hecho amigo del maldito registrador de la propiedad. Su existencia, en resumen, no le venía bien a mi vida. Lo odiaba.

Creo que entonces me levanté dispuesto a darle una hostia; sin aspavientos, para que no pudiera anticiparse, di unos cuantos pasos en su dirección. Pero antes de que hiciera nada me dijo: «Madre mía, pues sí que hay que tener cuidado con los tímidos». Esas fueron sus palabras, ninguna más, y su rostro reflejó decepción, lástima. Así, de golpe, aplacó mi arranque de ira, me desinfló como a un globo de cumpleaños, olvidado en una esquina, convertido en suciedad. Después se fue y yo me quedé un rato más allí, con el viento empujándome, insistiéndome en que volviera a casa.

Nunca mencionamos aquel encuentro, nos comportamos como si jamás hubiese tenido lugar. De hecho, ya tiene el mismo valor que un sueño.

Al lado de mi portal, refugiados en la entrada de una cochera, dos adolescentes se besaban y se apretaban el uno contra el otro. Él le lamía todo lo que tenía a mano y le tentaba la entrepierna por debajo del pantalón, con el botón a punto de estallar. Ella jadeaba con los ojos cerrados y el cuello estirado, entregada. Un mechón de pelo adherido a su piel, cementado con saliva y sudor, me hizo lamentar no tener una mujer esperándome en la cama. Abrí la puerta del piso abatido, avergonzado de mí mismo.

Sábado

Los vecinos de arriba han salido de fiesta. Lo sé porque su perro está ladrando. Cada vez que salen sucede lo mismo: el perro no soporta estar solo, y los vecinos tenemos que aguantar sus lamentos mientras sus dueños se emborrachan. Dentro de unas horas llegarán, se desmayarán sobre el colchón y el perro dormirá junto a ellos. Son animales de costumbres.

Pero no me extrañaría que esto dejase de suceder dentro de poco, porque discuten una barbaridad, a diario. El perro ladra por las noches y ellos durante el día (¡qué original!). Si se separan, ojalá que el dueño del perro sea el que abandone el piso. Aunque se están empezando a fijar custodias compartidas relativas a las mascotas, así que no, no hay escapatoria, qué le vamos a hacer.

El Ilustre ya está oficialmente divorciado. En cuestión de un mes y medio se ha resuelto el asunto. Al final tenían razón: era un encargo que apenas implicaba trabajo. Como no tenían hijos ni patrimonio en común, lo único que había que hacer era oficializar la situación actual. Aceptaría encantado más pleitos como este.

Aun así, lo siento por Ignacio: tiene un hijo garrapata, y está de vuelta. Vivía en una casa que era propiedad de su suegro, trabajaba para su suegro y no descarto que sea de la cuenta de su suegro de la que provienen mis honorarios. Supongo que ahora hará lo mismo con su padre. Lo raro sería que cambiase de método de supervivencia.

Tengo que darle las gracias a José Ignacio, por cierto. Debería invitarle a comer un día. Me envió varios modelos de demanda de divorcio y me explicó cómo proceder. Es un buen tipo. A pesar de nuestras diferencias, hay complicidad entre nosotros.

Está casado, pero todavía no tiene hijos, así que está muy centrado en su crecimiento profesional. Es de esas personas cuya relación de pareja transmite más solidez que los cimientos de una iglesia (a veces me pregunto si se puede ser patológicamente fiel). Seguro que ahora mismo está durmiendo plácidamente, sin que le moleste ningún perro; no como yo, que escribo gilipolleces de madrugada sin tener el valor de preguntarme por qué.

Estábamos en noviembre, ya empezaba a hacer frío; sin embargo, Ignacio me esperó en la terraza del Laburo, junto a un radiador, para que pudiera fumar. Con cuidado, luchando contra su mal pulso, le daba sorbos al café. Intentaba ocultar su deterioro, pero el tiempo era cada vez más descarado con él. Después de varias semanas pidiéndome que trabajara menos horas de las estipuladas, solo de tardes, me llamó para que nos tomáramos juntos el primer café de la mañana. Fui tan inocente que llegué tranquilo a la cita.

Le preocupaba su hijo, el único problema de su vida entonces. Le dije que tuviera paciencia, que iría saliendo del bache; además, fantaseaba con crear una aplicación para móviles, sobre asistencia legal veinticuatro horas o algo así; igual era un gran emprendedor y no nos habíamos dado cuenta: el éxito no siempre es precoz.

No respondió a mis bromas, así que dejé de intentar animarle. Tenía claro que su hijo era un imbécil sin remedio, y que iba a ser una carga para él durante el resto de su vida. A medida que su muerte revestía más inminencia, me dijo, le resultaba más difícil afrontarlo. Me preocupó, y le pregunté si pasaba algo más. Eso le sirvió para comunicarme la noticia que motivaba nuestro encuentro: su hijo necesitaba trabajar en la librería; de hecho, llevaba haciéndolo por las mañanas desde hacía tiempo.

No me lo podía creer. Había encontrado mi sitio, había empezado a construir mis cimientos. ¿Cómo podía hacerme eso? La librería iba bien, los dos estábamos a gusto. Ignacio evitó que empezara a lamentarme pronunciando la segunda parte de su comunicado, el plan que tenía preparado para mí: un amigo suyo, que tenía un hijo abogado, le dijo que lo más recomendable para mí era que me matriculara en el curso de la Escuela de Práctica Jurídica, para así ir metiendo cabeza en el mundillo de la abogacía, y él estaba decidido a pagarme los estudios; sobre eso, insistió, no iba a debatir.

Se había anticipado mucho, me desconcertó. Además, no había tenido en cuenta algo crucial: mis ahorros. Podía aguantar un tiempo sin ingresos, pero no mucho; es decir, tendría que compaginar los estudios con otro trabajo. Porque no quería volver a vivir con mi padre, dar un paso atrás, humillarme.

Ignacio no dejaba de repetirme que me ayudaría en todo lo que pudiese, que no lo pensase demasiado y le hiciera caso. Para no alargar más de la cuenta la conversación, se levantó y pagó el desayuno. Después me dijo que me llevara un libro o dos, los que quisiera, antes de irme. Estaba despedido (eso no me lo dijo).

Fui un miserable en mi elección: la trilogía completa de *La lucha por la vida*, de Pío Baroja, un libro caro. Entonces recordé el cumpleaños de Gallardo, que era al día siguiente, y cogí el otro ejemplar que quedaba, el último; un buen regalo, sobre todo porque tendría que fingir que lo agradecía.

Allí mismo, junto a la estantería, comencé a leer: «Acababan de dar las doce, de una manera pausada, acompasada y respetable, en el reloj del pasillo. Era costumbre de aquel viejo reloj, alto y de caja estrecha, adelantar y retrasar a su gusto y antojo la uniforme y monótona serie de las horas que va rodeando nuestra vida, hasta envolverla y dejarla, como a un niño en la cuna, en el oscuro seno del tiempo». Levanté la vista y me encontré con la mirada de Ignacio, que disimuló. «¡Qué lástima!», pensé, y continué leyendo: «...porque el tiempo es, según algunos graves filósofos, el cañamazo en donde bordamos las tonterías de nuestra vida; y es verdaderamente poco científico el no poder precisar con seguridad en qué momento empieza el cañamazo de este libro. Pero el autor lo desconoce: sólo sabe que en aquel minuto, en aquel segundo, hacía ya largo rato que los caballos de la noche galopaban por el cielo. Era, pues, la hora del misterio...». Volví a levantar la vista, y esta vez me topé con Mara. Casi me da algo.

Me preguntó qué leía, y yo, incapaz de responder, le mostré la cubierta del libro. Tenía el día libre. Había ido a la librería con la intención de regalarse algo.

—¿Me recomiendas este que estás leyendo?

—Lo malo es que es un poco caro. Puedes comprarte el primero de la trilogía y, si te gusta, venir otro día a por el siguiente. Voy a ver si nos queda alguno.

Tuve mala suerte: *La busca*, la primera novela de la trilogía, no estaba. Miraba la pantalla como si la solución fuese a aparecer sola, hasta que cogió el libro que pretendía regalarle a Gallardo.

—Me gusta el comienzo. ¿Este me lo puedo llevar? Me da igual que sea más caro, quiero darme un capricho.

—Es que ya está reservado. —Podría haberle vendido ese, porque a Gallardo le habría dado igual, pero fui gilipollas.

—¿Y el que estabas leyendo? ¿Los dos están reservados?

—No, este es mío. —Estaba condenado a boicotearme a mí mismo, pero seguí esforzándome por sortear mi personalidad— Pero si quieres te lo presto.

—Vale —dijo, mirándome a los ojos y sonriendo.

¿Prestar un libro? ¿En qué tipo de persona me estaba convirtiendo? Acababa de perder un trabajo y una novela (en realidad, ¡una trilogía!). Y no podía retractarme: habría sido un desatino estético.

Se fue prometiendo que volvería pronto, y yo me quedé con cara de imbécil. Roto el vínculo de la librería, lo normal era no volver a verla. Automáticamente llegué a una conclusión: era lo mejor que me podía pasar, un buen castigo.

Ignacio se acercó a mí y me devolvió a la realidad; me pidió que lo llamara cuando tomase una decisión, lo antes posible, porque el curso no iba a esperarme para empezar. Por primera vez, no me dio todo el tiempo del mundo. Me hizo sentirme querido.

Cogí *La lucha por la vida* que me quedaba y me fui. Ya odiaba ese libro, así que, efectivamente, era el mejor regalo para Gallardo.

Estuve varios días sin salir a la calle, sin hacer nada. De vez en cuando me fumaba un cigarro en la terraza, y allí solía encontrarme con el registrador de la propiedad. Normalmente estaba durmiendo, con *Los pilares de la tierra* sobre la mesita moruna y un puro pegado al labio inferior. Había perfeccionado la técnica; era capaz de mantener el puro en la boca aunque estuviese dormido. Aun así, se colocaba una servilleta en el cuello de la camisa, para no manchársela de ceniza. El hijo de puta estaba en todo. Y roncaba como un hipopótamo.

Tampoco parecía estar pasando por un buen momento. Empezó a desentenderse de su apariencia, como yo; no se afeitaba, no se quitaba el pijama, no se duchaba. Su mujer se había marchado de casa y él no lo había encajado bien.

Me entraban ganas de darle una pedrada en la cabeza, de reventarlo y acabar con un ser tan inmundo. Pero al final solo apagaba mi cigarro efusivamente y me volvía a mi cuarto a amargarme otro rato. Verlo solo me ayudaba a regodearme un poco más en mi miseria.

Fueron días oscuros, pesados, y no servía de nada que intentaran animarme. Yo mismo me culpaba y me castigaba sin piedad por lo ridículo de mi situación. Estaba inmerso en un bucle autodestructivo.

No sé cómo superé aquello. Quizá son etapas de la vida ante las que solo queda la paciencia y la esperanza, si esto último no va ya implícito en lo primero. En mi caso, afortunadamente, no tuve que ejercitarla durante mucho tiempo. La rabia, como en otras ocasiones, me espoleó.

No sé muy bien contra qué me rebelo. Se trata de un mal abstracto, indescifrable. Pero lo huelo y me revuelvo contra él. Siempre ha sido así.

Diría que la ansiedad es vivir en un estado de alerta: si alguien te llama, por ejemplo, crees que lo hace para avisarte de un accidente o algo peor; la depresión, por su parte, es sentirse incapacitado y desesperanzado: no tienes herramientas o no sabes cómo usarlas para lidiar con la vida. Ahora sé que ambas pueden darse conjuntamente.

Domingo

La gente tiene prisa, hasta llora con prisa, y la prisa mata. La aceptación de la propia mediocridad, la frustración ante una vida no deseada, las pastillas: como para no volverse loco. Es mejor no pararse a pensar.

Llevaba varios días sin saber qué hacer con mi vida, perdido, hasta que, de pronto, me ha apetecido sentirme limpio. Entonces me he duchado, he hecho la cama y he salido a la calle. Me reconforta tanta productividad.

A pesar de ser domingo, he madrugado. Negro y Berto estaban durmiendo la resaca, lo normal. A mí, en cambio, me apetecía aprovechar la mañana. Algo ha cambiado.

Me he sentado a desayunar en una terraza. Pensaba que iba a estar mejor fuera, alejado del ruido de la máquina de café y del estrépito que produce el trajín de platillos, cucharillas y tazas, pero me he equivocado. Da igual fuera o dentro, el ruido está en todas partes. A veces parece que para que alguien esté quieto y en silencio es necesario que haya muerto.

Aun así, me he esforzado por obviar la falta de sosiego. He actuado como si no me molestara nada de lo que me rodeaba y hasta he conseguido convencerme. Debo tener mucho cuidado conmigo mismo. Las enfermedades más peligrosas nos invaden silenciosamente.

En la mesa que había a mi derecha, un hombre de unos cuarenta y cinco años, delgado y calvo, desayunaba con dos adolescentes, sus hijas; a mi izquierda, una pareja que no llegaba a los treinta bebía café y fumaba. A juzgar por el volumen al que hablaban, no les importaba que sus conversaciones fuesen escuchadas, así que he prestado atención.

El calvo, sin dejar de agitar sus piernas, incapaz de controlarse a sí mismo, le recriminaba a una de sus hijas sus malas notas. Ella, impasible, engullía una tostada de mantequilla y mermelada. El tipo, mientras creía aleccionar a su hija, ha derramado el café, ha tirado el azucarillo al suelo y no paraba de hacer ruido con la silla, arrastrándola continuamente. La hija tenía más aplomo, y en cuanto ha podido se ha tomado la revancha: «¿Qué tal te fue en la entrevista de trabajo?». ¡Bomba! Una catarata de impulsos reprimidos, exteriorizados mediante tics, ha precedido a las palabras que han terminado de retratar al padre: «Tengo demasiado currículum para ese trabajo». He tenido que abrir el periódico para que no me viera descojonándome de la risa.

La vida es muy divertida a veces, sobre todo si se mira con perspectiva, a una cierta distancia.

En la otra mesa estaban discutiendo. Ella mostraba sus celos sin tapujos, y él, que era evidente que había trasnochado, asentía como un autómata. No me ha interesado la conversación. Ninguno de los dos quería estar donde estaba y ninguno se atrevía a largarse de allí. Resultaba deprimente.

He encendido un cigarro y me he fijado en una anciana que estaba regando sus plantas en un balcón. Entonces, como si se hubiese citado conmigo, mi padre se ha sentado frente a mí. No lo he visto venir, me ha sorprendido. Al parecer, he ido al bar en el que suele desayunar los fines de semana (sobre este hecho prefiero no sacar conclusiones precipitadas).

Me ha preguntado por mi trabajo, pero asentía sin decir nada, así que me he terminado callando y no le ha importado el silencio. Terminado el café, me ha dicho que tenía que irse, pero no se ha ido sin más: me ha invitado a la Bodega San Basilio a la una. Quería que conociera a sus amigos, que me tomase una cerveza con ellos.

Tócate los cojones: ahora tiene amigos.

He aceptado la invitación sin pensarlo, y hasta que ha llegado la hora he vuelto a casa para leer un rato, aunque al final no he superado las cinco páginas. No me concentraba, no porque estuviese preocupado o nervioso, sino porque quizá lo que me apetecía realmente era hacer como que leía, que es un pasatiempo como otro cualquiera aunque no está catalogado. Sentarse con las piernas en alto y dejar que el pensamiento fluya es un plan que no figura en ninguna lista de ocio.

Al entrar en la taberna, los tres hombres que estaban en la barra se han girado para identificar al forastero. Uno de ellos era mi padre, que se ha acercado y me ha presentado al resto del grupo: Manolo, funcionario y artista, y Felipe, afilador de cuchillos. El más hablador era Felipe, que ha contado anécdotas sobre los propietarios de los restaurantes a los que va a recoger cuchillos: un bizco que se acababa de echar una novia mulata y hosca, un cocainómano al que ya le había llegado su infarto...

Mi atención ha sido intermitente, porque observaba a mi

padre, que se reía como un niño con las ocurrencias que escuchaba. No hablaba apenas, lo cual me habría llegado a preocupar, pero se reía mucho.

Sin venir a cuento, cortando a Felipe, mi padre le ha pedido a Manolo que me contase lo que estaba escribiendo. Al parecer, además de pintar, su amigo también escribe. En este caso, una hipotética y surrealista visita del Quijote a Montilla, su pueblo, donde este se emborracha bebiendo fino y conoce a una mujer al estilo Julio Romero de Torres. Lo contaba y se partían de risa. Yo alucinaba. Cuando se han recuperado de las carcajadas, Manolo me ha dicho que un día me pase por su oficina, la que comparte con mi padre, para leer su relato.

No sé si lo haré. Nunca he ido a ver a mi padre al trabajo.

Después hemos ido al taller de Manolo y nos ha enseñado su obra: meninas satánicas, platos de salmorejo aderezados con dedos de vírgenes barrocas, hombres ahorcados en tendederos rosa fucsia... Todavía no me he recuperado del todo.

A eso de las tres, mi padre me ha acercado en coche a casa. Y ha rematado la faena con un regalo.

Sí, ha sido un domingo tremendo, único, como si la vida hubiese estado deseando que saliese por fin de casa.

En fin, a lo que iba, el regalo.

Hace años, mi padre compró un pequeño local en el centro de negocios que hay al lado del templo romano. Se suponía que iba a ser fácil alquilarlo, porque las empresas se sentirían atraídas por un edificio dedicado exclusivamente al arrendamiento de oficinas, pero lo cierto es que llevaba tiempo vacío. La pasividad de mi padre ha debido influir en la ausencia de solicitudes de alquiler; aun así, gran parte de la culpa también la tendrá la decadencia económica de Córdoba, una ciudad que destaca ya, entre otras cosas, por sus locales vacíos. El caso es que antes de que me bajara del coche ha extraído la llave de su llavero y me la ha dado. Que haga lo que quiera con la oficina: un despacho de abogados o un local de citas (eso me ha dicho).

¿Habrá vuelto a beber? Me ha dejado sin palabras.

Aunque no sé si estoy sorprendido o me estoy haciendo el sorprendido. ¿Llevaba toda mi vida esperando algo así por su parte? No estoy seguro ni lo estaré jamás, pero tampoco importa demasiado. Hoy he tenido un buen día.

Ya estoy en casa. Berto y Negro están tirados en el sofá.

Quizá deba dosificar nuestra amistad. Cada salida supone dos días de resaca, de languidez, y así no se le puede pedir nada a la vida, es inasumible.

Ricardo está durmiendo en la terraza, lo he observado mientras me fumaba un cigarro. Debe de estar dormido o muy borracho, porque le estaban llamando por teléfono y no se enteraba. Le sudaba la papada, roncaba entrecortadamente, afeaba el mundo. Ojalá se muera de un infarto, con su sempiterno puro colgando del labio inferior. Ojalá no sea Gadea la que lo llama.

Gallardo sigue sin pasarse a recoger *La lucha por la vida*. Me dijo que lo haría en cuanto pudiera, pero no lo ha hecho. Estará liadísimo luchando contra los abusos de las grandes empresas.

Mejor dejo de escribir ya, que hoy prefiero quedarme con lo bueno.

Cuando vi que me llamaba el Ilustre, me vine abajo. Su nombre bastaba para hastiarme. Pero me sorprendió con una buena noticia: una joven le había dejado un libro para mí.

De camino a la librería, recordé que no le había dicho nada a Ignacio sobre su propuesta, a pesar de querer aceptarla, y temí que fuera demasiado tarde.

Encontré al Ilustre mirando el móvil mientras una clienta resoplaba frente a la caja registradora. Tuve que avisarle para que le cobrara. «Sí, perdón, que era importante», dijo, y fingió diligencia y disculpa. Una vez hubo cumplido con su cometido, me preguntó qué quería, aunque fuese obvio. Su cabeza todavía no había vuelto de lo que fuera que estuviese haciendo con el móvil, su cerebro se estaba reactivando; es algo a lo que tenemos que ir acostumbrándonos desde que estamos tan conectados a las pantallas: las conversaciones se mantienen al cincuenta por ciento, aleladamente. Me dio *La lucha por la vida* y, cuando le pregunté si Mara había dejado algún mensaje para mí, negó con la cabeza. Podría haberle pedido más detalles, como si Mara mostró una mínima decepción al comprobar que no estaba en la librería. Pero no merecía la pena el esfuerzo. Le agradecí el recado y me fui. Ignacio no estaba.

Esperando a que un semáforo se pusiera en verde, una joven se detuvo a mi lado. Sonreía mientras hablaba por teléfono, absorta en su conversación. Entonces, justo cuando iba a pasar un coche, hice un movimiento con las piernas que interpretó como una señal de reanudación de la marcha, y tuve que tirar de ella para que no fuese atropellada. Pero al hacerlo me impulsé yo mismo hacia la calzada, y el conductor tuvo que dar un frenazo para no matarme. Se llevó un susto tan grande que ni siquiera pitó; suspiró profusamente y reanudó la marcha con los ojos como platos. La joven me dio las gracias, lo hizo agarrándome de los hombros y mirándome fijamente para subrayarlo. Por salvar a una desconocida, por poco me mato. Me pregunté si estaba intentando decirme algo mi subconsciente.

No saludé al llegar a casa, todavía estaba agitado, incómodo. Dejé el libro sobre mi cama y me fui directo al baño a darme una ducha. Con los ojos cerrados y el agua fría serpenteando sobre mi piel, intenté relajarme, no pensar; unos cuantos litros de agua después, estaba secándome lentamente, palpando más que arrastrando, y la vida recuperó un ritmo soportable. Pero no aguantó mucho tiempo: al apoyarme sobre el lavabo, me resbalé y tiré el vaso de los cepillos de dientes. Se precipitó sobre el suelo y, en un instante, me vi rodeado de trozos de cristal. Tuve que salir con cuidado y recogerlo todo con la escoba. Después, por fin, pude encerrarme en mi cuarto. A veces no hay nada mejor que estarse quieto.

Tumbado en la cama, revisé el libro que me había devuelto Mara. Las esquinas estaban muy erosionadas, y la contraportada, rayada: menudo desastre. Me levanté, abatido, y fui a dejarlo junto al de Gallardo, que permanecía a la espera de su dueño. Uno estaba nuevo; el otro, destrozado.

Llamaron al timbre y Berto gritó desde el salón: «¡Es Gallardo!». Al escucharlo, escondí su libro en el cajón de mi escritorio, dejando únicamente a la vista el de Mara, y me tiré en la cama y me hice el dormido.

Gallardo golpeó la puerta con los nudillos y entró sin esperar una respuesta. No eran horas de dormir, me dijo, y me inventé que llevaba varios días durmiendo desordenadamente. Entonces me recomendó hacer algo con mi vida para evitar así darle demasiadas vueltas a la cabeza, ante lo que me escabullí contándole que iba a matricularme en la Escuela de Práctica Jurídica. Guardó silencio y observó mi habitación; después añadió: «Bueno, ya que estoy aquí, me llevo mi libro». Había visto el de Mara, ese era el que iba a coger, el destrozado, y yo no iba a impedirlo.

Cuando estaba recorriendo mi habitación, oí a lo lejos, proveniente del salón, una voz de mujer, y me vino de maravilla la sorpresa, porque le pregunté a Gallardo quién era y así este no se fijó en los desperfectos de *La lucha por la vida*; tan solo pensaría que era un cutre al llegar a su casa, lo cual me ahorraba el mal rato del directo. De lo que no me libré fue de su monserga posterior.

La mujer se llamaba Marta, y llevaba un tiempo quedando con ella, aunque no tenían nada serio, insistió. Gallardo se aseguró de que la puerta estaba bien cerrada y, una vez hecho, cambió el registro coloquial por el de confidencia: «Solo me interesa para follar. Es muy guarra».

No supe qué contestar. Siempre he querido ser al menos un poco ocurrente y charlatán (¡nunca demasiado!), pero jamás lo he conseguido, qué le vamos a hacer. Aun así, a Gallardo no le importó mi silencio, continuó con su perorata igualmente. Al parecer, antes de conocerla, «era hippie total». Me contó que había viajado en furgoneta, que había tenido relaciones abiertas, «en fin, ese rollo». Pero se ve que ya se había cansado y habían empezado a gustarle las casas grandes, los coches buenos y los maridos que pagan la cuenta; «ahora, de hecho, dice que le pone mucho el hombre antiguo, el de antes; la verdad es que es pagar la cuenta y verla ponerse como una moto». Al recordarlo, casi me hace gracia, pero en su día no, todo lo contario. Me parecía demencial que actuase conmigo como si no hubiese estado a punto de partirle la cara una noche, como si no hubiese descubierto el odio que le profesaba. Tenía mérito su capacidad para pasar página.

Me contó que estaba dispuesto a alargar la relación hasta que ella pusiera el punto final, puesto que no le apetecía afrontar el trance de dejarla, y así, mientras tanto, aprovecharía el sexo asegurado. No me importaba lo que me estaba contando. A mi cerebro le resbalaban los mensajes que emitía. Nuestra amistad se había resquebrajado de forma irreversible, era algo tan evidente como nada raro: que un grupo de amigos sea compacto no significa que la relación individual entre cada uno de ellos sea sólida. Es tan normal como que todo se acaba.

Por suerte, después de varios minutos de insufribles anécdotas sexuales, Berto abrió la puerta y, susurrando, dijo: «No sé qué decirle ya a esta mujer. Venid de una puta vez al salón». Respiré aliviado, agradecido por aquella tregua.

Marta dejó a Gallardo pocos días después, y no me sorprendió. Lo que sí me sorprendió fue que Gallardo empezara a leer *La lucha por la vida*.

Miércoles

Prefiero no hablar de sexo. A veces me pregunto por qué y siempre termino recordando lo mismo. Tenía nueve años y estaba en un colegio religioso. Carlos, mi compañero de pupitre, quería que una compañera de clase le enseñara la entrepierna, y a ella le pareció bien. Pero no quería ser el único culpable de aquella inmoralidad, así que me dijo que yo también lo hiciera. Pensó que no sería capaz de negarme y acertó: aunque no solía hacer nada susceptible de reprimenda, a esa edad también prevalecía la presión social.

La idea era fingir que íbamos al baño y ejecutar allí el plan, pero no los tres a la vez, porque resultaría sospechoso. Ella iría primero, y después, por turnos, iríamos nosotros.

Para indicar si los baños estaban ocupados o no, el profesor había colgado dos cartulinas redondas a la salida del aula. Hacían las veces de semáforo: por una cara eran verdes; por otra, rojas. Me tocó ser el primero, así que esperé a que ella indicase que el baño de niñas estaba ocupado y, segundos después, fui en su busca, dándole también la vuelta a mi cartulina.

Una vez reunidos, no hablamos; nos pusimos uno frente al otro y ella se subió el vestido y se bajó las bragas. Me agaché para ver mejor, pero no vi nada. Estaba demasiado nervioso.

Lo que sí vi fue la cara de mi profesor al abrir la puerta del baño. Casi me da un infarto.

Me agarró del brazo, me llevó al centro del aula, a la vista de todos mis compañeros, y explicó lo que había hecho. Convertido ya en el centro de atención, me preparé para recibir una paliza. Pero eso no sucedió; en su lugar, me sujetó la cabeza, presionándome las orejas con la palma de sus manos, y comenzó a levantarme. Me quedé suspendido en el aire, con el resto del cuerpo colgando. Todavía no me explico cómo no sufrí daños cervicales. Después me bajó al suelo y me mandó al despacho de la directora.

No sé qué pretendió el profesor con aquello. Creo que lo hizo porque no sabía qué hacer. A mí me pasa a veces.

Fue el único parte por mal comportamiento que me impusieron en el colegio. Estuve meses recordando (sufriendo) a diario lo sucedido, y no lo olvidaré jamás. Alguna vez se ha convertido en una pesadilla que termina con mi cuerpo descolgándose de mi cabeza. Es un recuerdo que viene y va. Supongo que todo esto explica lo del sexo.

Hay personas enganchadas a los problemas: buenos clientes. El Ilustre era así, y lo sentía por su padre, pero no por mí. Además, me encargaba pleitos variados: del divorcio pasó a un delito leve de lesiones.

La tarde anterior al juicio, me cité con él en mi despacho (el de mi padre), y vino con un testigo de los hechos. Le dije que los testigos no pueden ser instruidos por las partes, que deben mantener su imparcialidad, pero le entró la risa, y no me atreví a exigir que se fuera, así que tuve que asumir aquella porción de mala conciencia.

Recuerdo muy bien aquel pleito; además, lo que se dijo durante la vista está grabado, por lo que he podido transcribirlo. Lo del día anterior fue la típica reunión preparatoria: mi objetivo era que supieran lo que se iban a encontrar, para amortiguar el impacto de la primera declaración ante un juez. La mejor improvisación es la ensayada.

—Javier, tú entrarás conmigo; Ramón, tú esperarás fuera, y declararás lo que recuerdes, no lo que me escuches. –Aquello fue un burdo intento para sentirme mejor–. En cualquier caso, la clave es que no os contradigáis, ¿de acuerdo? Dicho esto, cuéntame qué pasó, Javier.

—Una camioneta que estaba aparcada dio marcha atrás muy rápido, y al esquivarla pité un poco, no demasiado. Después seguimos hasta llegar a un semáforo y, de repente, vimos que se paraba justo detrás de nosotros. El conductor vino hacia mí y no me dio tiempo a subir la ventanilla; me agarró de la camisa y empezó a gritarme. Entonces me agobié y abrí la puerta para quitármelo de encima. Pero al salir me empujó y me caí al suelo. Quiso pegarme otra vez, pero intervino Ramón. Y eso es todo.

—¿En ningún momento le pegaste?

—No.

—Pues es él quien te ha denunciado.

—Ya lo sé. Pero ese hombre está loco.

—¿Cuándo saliste tú del coche, Ramón?

—Bueno, yo salí cuando vi que Javier también lo hacía. Bueno, vi que el otro era agresivo. Bueno, no sé, salí para ayudar.

No me creía lo que me estaban contando, y encima mi testigo era imbécil. Aun así, empecé a construir la defensa con lo que me iban diciendo y con lo que ya tenía. Por un lado, un tipo que sale de su coche porque le han pitado ya es en sí sospechoso. Por otro lado, en el expediente no constaba ningún parte médico que acreditase las lesiones. Les expliqué cómo se desarrollaría la vista y les pedí que solo respondieran a lo que se les preguntara: «Cuanto más habléis, más posibilidades tenéis de equivocaros». También era importante que no se alterasen ante lo que pudiera decir la parte contraria: el loco tenía que ser el otro.

El día del juicio, me levanté muy temprano. Estaba nervioso. Me costaba creer que la experiencia pudiera evitar alguna vez el mal rato anterior a una vista. ¿Soportaría esa tensión toda la vida?

Media hora antes del juicio, a las diez y media, entré con el Ilustre y Ramón al juzgado. El pasillo estaba lleno de gente, pero el Ilustre no veía al denunciante. Deseé que no apareciera y me ahorrase el trabajo, pero apareció poco después. Iba con sandalias y sin abogado.

Cuando llegó nuestro turno, el Ilustre no se sentó hasta que no se lo indicaron; el denunciante, en cambio, se desparramó en su banca, no mostró la misma deferencia hacia los presentes. En ese momento, el fiscal me miró y levantó las cejas para subrayar el detalle, y aquel gesto de complicidad me animó.

Un funcionario inició la grabación y comenzó el acto. Mi corazón se aceleró, dejé de segregar saliva. La jueza resumió los hechos y le pidió al denunciante que se acercara al micrófono.

—Veo que ha decidido asistir sin abogado.

—Sí. No quiero perder mi dinero en eso.

—Muy bien. Pues el ministerio fiscal tiene la palabra.

—Gracias, señoría. Buenos días, señor, cuénteme lo que pasó.

—Mire usted, su señoría. Estaba saliendo del aparcamiento y un señor me pitó. Salía como se debe salir: poquito a poco. Pero este señor –dijo, señalando con la cabeza al Ilustre, que se mostraba impasible– se puso como un loco. Me dijo que era un hijo de puta y todo lo que se le ocurrió. Después, en un semáforo, me bajé para pedirle explicaciones, y el tío se enrabietó. Salió del coche y me dio un puñetazo que todavía me duele. Menos mal que vinieron a separarnos.

—Señor, ¿tiene usted un parte de lesiones que acredite la agresión?

—¡Qué parte ni parte! Fui en cuanto pude a la comisaría. Nada más.

—De acuerdo. ¿Y trae algún testigo?

—Yo puse la denuncia y ya está, su señoría. Eso es todo.

La jueza me dio la palabra, puesto que el fiscal indicó con un gesto que había terminado.

Todo iba bien. El denunciante no tenía más prueba que su palabra.

—¿Por qué salió de su coche?

—Pues para preguntarle cuál era su problema.

—¿Considera normal pedir explicaciones en los semáforos? –Era una pregunta improcedente, pero probé suerte, por si lo desestabilizaba.

—Pero ¿qué dices tú, desgraciao? –Lo conseguí.

—Señor. –Intervino la jueza–. No se dirija así al letrado. Limítese a responder a lo que le pregunte. Continúe, letrado.

—¿Considera normal salir del coche para pedir explicaciones en un semáforo?

—Letrado, esa pregunta no es necesaria.

—De acuerdo. Disculpe, señoría. –Hice una pausa y continué–: ¿Usted le agredió cuando estaban detenidos en el semáforo?

—¿Cómo? Pues claro que no. Yo me defendí.

—¿Y no es más cierto que llegó a tirarlo al suelo de un empujón?

—¡Pero si el que me pegó fuerte fue él! ¡Me dejó la cara

hecha un Cristo!

—¿Entonces él golpeó más fuerte y usted más flojo?

—¡Que yo no golpeé, que yo me defendí! Señoría, ¿qué dice este señor?

La jueza iba a pedirle otra vez que se calmase, pero antes le indiqué que no tenía más preguntas.

Solo faltaba que el Ilustre y Ramón no incurrieran en contradicciones, porque la balanza se estaba inclinando a nuestro favor. Y el Ilustre no titubeó. Incluso guardaba unos segundos de silencio cada vez que el contrario se quejaba o chistaba, añadiéndole así más dramatismo a su declaración. Se le daba bien el teatro, como era de esperar.

Antes de empezar el interrogatorio de Ramón, le preguntaron si tenía algún interés especial en el pleito, y aclaró que era amigo de Javier, pero que iba a decir simplemente lo que vio. Me sorprendió su aplomo.

Era yo quien había solicitado la testifical, así que pregunté primero.

—Buenos días, Ramón. ¿Qué fue lo que vio?

—Buenos días. Pues íbamos en el coche y otro vehículo salió de su aparcamiento sin prestar atención al tráfico. Javier pudo esquivarlo, pero le pitó, lo normal, para avisar. Después continuamos la marcha hasta un semáforo, y este señor paró el coche detrás de nosotros y se bajó. Yo no me di cuenta hasta que lo vi en la ventanilla de Javier. Entonces sí me asusté. Y salí del coche para separarlos.

—¡Mentiroso! –gritó el denunciante, obstinado en su propio boicot.

—Señor, como vuelva a interrumpir lo expulso de la sala. –La jueza resopló y, después, volvió a dirigirse a Ramón–:

Disculpe, puede continuar.

—Nada más. Los aparté y este señor se fue.

—No hay más preguntas, señoría –dije, y la jueza le dio la palabra al fiscal.

—Sí, señoría. Únicamente una cuestión. ¿No quisieron denunciar ustedes? Porque, según cuentan, parece que el agredido fue su amigo.

—No, lo último que nos apetecía a nosotros era tener que venir al juzgado.

Todo había terminado, solo quedaban los informes.

El fiscal concluyó, después de valorar la prueba, que no había quedado acreditado el delito leve de lesiones y que, por tanto, no se había desvirtuado la presunción de inocencia, así que solicitó una sentencia absolutoria.

Podría haberme adherido a lo manifestado y ahorrarme incluso el esfuerzo de hablar, pero preferí pronunciar unas palabras para contentar al Ilustre. Si bien se daban dos versiones contradictorias, solo la nuestra se vio reforzada por un testigo, y no había más prueba que esa tercera declaración; de la supuesta pelea no quedaba ni rastro, solo palabras. Por tanto, no había nada sobre lo que pudiese apoyarse la jueza para condenar a mi defendido. Ese fue más o menos mi alegato.

Antes de terminar, les preguntaron si querían ejercitar su derecho a la última palabra. El Ilustre hizo lo que le pedí: se calló. Pero el denunciante entendió que había llegado su momento.

—Mire, señoría, estos son unos sinvergüenzas. Lo único que tienen es abogado.

—Ya está bien, por Dios. El juicio queda visto para

sentencia —zanjó.

—¡Ni la primera ni la última palabra sirve en este país de mierda!

—Que sí, señor, que sí —respondió resignada.

Salimos del juzgado y nos paramos a fumar. Tras la primera calada, me sobrevino el cansancio.

—Todavía queda esperar la sentencia, pero dudo mucho que haya sorpresas.

—Diego, ¿sabes qué? —preguntó el Ilustre sonriendo.

—¿Qué?

—Le di una hostia.

—No necesitaba saber eso. –Tiré el cigarro apenas empezado al suelo y lo pisoteé–. Bueno, tengo que irme. Estamos en contacto.

—Pero no te cabrees, hombre. La verdad es que ayer estaba bastante nervioso y me has quitado un peso de encima. Voy a ponerte por las nubes por ahí.

—Eso espero. Bueno, lo dicho: estamos en contacto.

Les di la mano y me fui.

«¡Ni la primera ni la última palabra sirve en este país de mierda!», había gritado el denunciante. Pensó que su versión sería suficiente y se equivocó. Lo que marcó la diferencia fue que una de las partes había tenido asesoramiento legal. Y apenas hice nada: cualquier abogado podría haberme ganado aquel pleito, bastaba un parte médico que acreditara la lesión. En cualquier caso, la única certeza que tenía en relación con el asunto seguía siendo la misma que antes de empezar el juicio: todos los implicados eran gilipollas.

Sentí más resignación que ira, y me pareció un buen síntoma.

Lunes

Estoy conociendo a muchos abogados en la Escuela de Práctica Jurídica, y la mayoría me caen mal. Esto podría resultarme desalentador, pero luego recuerdo que me sucede lo mismo con la mayoría de la gente y me tranquilizo. Después de varios meses, lo de la vocación me sigue pareciendo una broma de mal gusto, pero intentaré sacarle partido al curso de todas formas. Además, tengo la suerte de haber coincidido con José Ignacio, que también fuma. Al contrario que la mayoría, él no está como pasante en un despacho, sino como falso autónomo. Es decir, aunque en negro, por lo menos cobra. Se ha matriculado en la escuela para acceder cuanto antes al turno de oficio y así tener otra indigna fuente de ingresos.

¿Alcanzaremos la estabilidad económica amontonando calderilla? En cualquier caso, qué le voy a pedir a una de las ciudades con más paro del país, donde los carteles mienten: dicen que se vende o se alquila, pero ni se vende ni se alquila. A cada negocio que se clausura en Córdoba le acompaña la certeza de que no vendrá otro a ocupar su lugar. Ya no se esperan sorpresas, sino milagros. Algunos inmuebles, de hecho, tienen más posibilidades de convertirse en ruinas de interés turístico que en nuevos negocios.

Espera, un momento, ya está bien de quejarse, Dios me libre de la literatura obviamente comprometida. Además, tengo buenas noticias. La semana pasada me llegó un asunto nuevo, un accidente de tráfico.

Hay cosas que piensas que nunca harías hasta que te ves metido hasta el cuello. Tengo que contárselo a Ignacio. Seguro que se alegra por mí. Al fin y al cabo, fue él quien me marcó y financió el camino. También le alegrará saber que me he presentado a una oferta de trabajo en el servicio de orientación jurídica de los juzgados. Mi labor consistiría en atender a los solicitantes de abogado de oficio; puede ser entretenido canalizar toda esa información, descubrir para qué se suele pedir abogado y quiénes lo hacen. Serían cuatro meses de prácticas, de nueve a doce de la mañana. Estaría bien que me contratasen.

Un lunes de otoño, en torno a las nueve menos cuarto de la mañana, me bajé del autobús de línea en la parada de los juzgados: había llegado mi primer día en el servicio de orientación jurídica. En la puerta principal había unas quince personas esperando a que les permitiesen el paso. Todavía no sabía que eran solicitantes de asistencia jurídica gratuita. Le expliqué al guardia civil que controlaba la entrada que yo era el nuevo: sonrió y me deseó suerte. Después fui en busca de Ángel, el letrado titular, que me enseñó mi despacho, un cuartucho sin ventanas. «Cuando tengas dudas, vienes y me preguntas. Es mejor que la gente espere un poco a que te equivoques», me dijo. Después colocó el dispensador de números entre la puerta de su despacho y el mío y se fue a su escritorio. Él atendería al primero de la cola.

Me acomodé y ordené mi mesa en busca de algo de calma, más que por necesidad. Sentí el rumor de los justiciables, que iban cogiendo los tiques de los turnos. Y esperé hasta que Ángel hizo pasar al primero. Entonces, con un mando a distancia, pasé al siguiente número, que aparecía en una pantalla que había en el pasillo, y entró un hombre en mi despacho.

Dijo lo que centenares de personas me dijeron durante los siguientes cuatro meses: necesito un abogado de oficio.

Cuando le pregunté para qué, me entregó una nota manuscrita: «No entiendo español. Soy de Rumanía. No comprendo la sentencia. Quiero recurrirla». Sacó del bolsillo interior de su chaqueta la sentencia, la desplegó y me la entregó. Todo lo que sabía lo olvidé de golpe.

Durante aquellos meses, Negro y Berto me preguntaron a diario por mi trabajo, y yo llegaba siempre cargado de anécdotas. Hubiese prolongado aquellas prácticas. Incluso las hubiese convertido en mi trabajo. Pero mi puesto siempre lo ocupaban jóvenes de la escuela de cuatro en cuatro meses, y a Ángel todavía le quedaban unos cuantos años para la jubilación. Sentí pena por no quedarme con aquella plaza: me sentía útil, reconocido, y de ser el titular del servicio hubiese tenido un buen horario y un buen sueldo. Hasta qué punto puede llegar uno a estar alienado.

Cuando ya me quedaba poco para dejar aquel cuartucho, llegado el fin de semana, quedamos para comer los del piso, Páter y Gallardo, y ya tenía preparada mi correspondiente anécdota para la sobremesa: una pareja, de unos cincuenta años ambos, quería solicitar un abogado para que tramitara su divorcio de mutuo acuerdo, pero desde un primer momento supe que algo iba mal. «Bueno, de mutuo acuerdo... Porque ella quiere», dijo el hombre cuando les pregunté si estaban seguros. Mientras les explicaba las opciones que tenían, el marido me interrumpía con comentarios hacia su mujer: «Sales cuando te da la gana, entras cuando te da la gana...». Su ristra de reproches parecía interminable. Hasta que ella estalló: «¡No puedo más!», gritó, y empezó a llorar y a temblar. Me quedé estupefacto. Le dije al tipo que se fuera, pero no solo no lo hizo, sino que empezó a insultarme. Eché en falta un botón de emergencias escondido en un cajón (falta de presupuesto, supongo). Tuve que salir y volver acompañado del guardia civil de la entrada. El silencio del pasillo me secó la garganta. Ya a solas con ella, le pregunté directamente si su marido la maltrataba, y no contestó. Le pregunté si tenía algún sitio al que ir, y se levantó, dispuesta a marcharse. Entonces le pedí que esperara un segundo y le di un folleto informativo sobre asistencia a víctimas de violencia de género. Le dije que trabajaban bien, que podían ayudarla. Lo cogió y se fue. Nunca supe nada más de ella.

La historia era buena, pero no pude contarla, porque Páter acaparó nuestra atención desde el primer momento: se casaba. Enhorabuenas, brindis, felicitaciones, y Gallardo, añadiendo una pizca de su característico mal gusto, pidió una ronda de chupitos. Más tarde sugirió que empezáramos cuanto antes a organizar la despedida de soltero, tenía algunas ideas. Era gilipollas.

—Por cierto, Diego —me dijo después—, casi se me olvida. Empecé el libro que me regalaste y encontré una nota. Supongo que es tuya.

Era un pósit amarillo, en el que Mara había escrito su nombre y su número de teléfono. Intentó contactar conmigo, pero fui tan estúpido que solo reparé en los desperfectos del libro. No me merecía mi suerte.

Me fui a la puerta del restaurante y la llamé. Su móvil

daba señal, pero nadie respondía. Pensé que, además de prestar libros, también era de dormir la siesta. Entonces cogió el teléfono. Reconocí su voz, aunque susurrara. No quería que la oyesen.

Había dado por hecho que no la llamaría, pero no percibí ni rastro de rencor en ella. Le dije que quería verla cuanto antes, y me contestó que estaba trabajando, que la llamase en otro momento. Pero insistí hasta conseguir que me hiciera un hueco esa misma tarde. Salía del trabajo alrededor de las siete, pero a las ocho tenía que irse. Le aseguré que a las siete en punto estaría en la puerta de su oficina.

Entré al restaurante y aguanté hasta la primera copa. Después me fui a casa para ducharme y prepararme para la cita.

Aquella tarde, el registrador intentó charlar conmigo. Tanteándome, sabiendo que era el que menos caso le hacía, trató de establecer una conversación amena: el tiempo, el trabajo... Fumé rápido y me escabullí pronto. No estaba como para perder el tiempo con hijos de puta.

Viernes

Estoy listo. Me he duchado y he revisado que no olvido nada. Pero aún queda una hora para que sean las siete. Aunque ha dicho que saldrá «alrededor de las siete». Si llego justo a esa hora parecerá que estoy desesperado. Quizá sea mejor que llegue algunos minutos tarde. No, esta vez no.

¿Cuál será su trabajo? Iba con frecuencia a la librería, pero eso no significa gran cosa. En cuanto a los libros que escogía, pueden dar alguna pista sobre su personalidad, pero en ese sentido no necesito más información: me gusta. Aunque estropee libros o los pida prestados.

Salgo ya de casa. Con tiempo, sí. Aquí no hago nada. Pueden surgir imprevistos durante el camino. Será mejor que llegue cuanto antes para conocer el lugar. Una vez que tenga todo bajo control, esperaré donde sea.

La calle donde trabajaba Mara era estrecha, así que no esperé justo enfrente del portal para evitar un encuentro abrupto; preferí que nos viésemos desde lejos, que siempre resulta más favorecedor. Junto a la puerta principal había placas de un despacho de abogados, de un administrador de fincas, de un dermatólogo. Me fijé en los balcones de la fachada, por si se apagaba alguna luz o alguien se asomaba, y antes de ver nada oí el timbre de la puerta del edificio. No era ella, sino un joven de unos treinta años. Se paró a un paso de la puerta, encendió un cigarro y se puso en marcha. Me miró al pasar.

¿Cómo era posible que Mara no me hubiese tomado por un desquiciado? La había llamado pasado mucho tiempo desde que me dio su número, y con vehemencia, incluso desesperación. Confiamos en nuestros prejuicios sobre la apariencia ajena con frecuencia, y lo cierto es que suelen ir bien encaminados. Pero quizá seamos demasiado confiados. Los prejuicios no tienen nada que ver con la perspicacia.

No tardó en apagarse una luz de la primera planta, y por fin la vi. Nos dimos dos besos y fuimos a las terrazas de la plaza de la Trinidad, al lado.

Esperó a que hablara yo y después pidió lo mismo: una cerveza.

Normalmente no trabajaba los viernes por la tarde, pero había tenido un día especialmente complicado. Me preguntó por la librería, y le conté mi vuelta a la abogacía y que estaba matriculado en la Escuela de Práctica Jurídica. «¡Yo también soy abogada!», respondió. Lo que faltaba para el duro, pensé.

Llevaba poco más de un año trabajando en un despacho especializado en derecho laboral, y ella sí tenía el trabajo que quería. Cobraba poco, pero esperaba que sus condiciones mejorasen pronto. El turno de oficio no entraba en sus planes.

Vivía con una amiga suya, Victoria, en la casa en la que había vivido desde pequeña con sus padres, que al jubilarse se trasladaron a Málaga. Se interesó por mi vida, e intenté hacerle un resumen sugerente. Hasta que pasó lo de siempre: me preguntó por mi madre y se quedó un poco desconcertada cuando le dije que estaba muerta. Salí del paso sin problema: los que tenemos padres muertos estamos acostumbrados a que la gente se quede sin palabras ante la orfandad ajena; no pasa nada, la costumbre reduce el esfuerzo de la voluntad.

El tiempo transcurrió tan rápido como suele hacerlo en estos casos, y fingí no enterarme cuando se agotó. Cuando le pidió la cuenta al camarero, iba a preguntarle si le apetecía que volviéramos a vernos, pero se me adelantó.

—Por cierto, si eres abogado, ¿no vas a la cena de esta noche?

—¿Qué cena?

—La que el Colegio de Abogados celebra cada año. ¿No has visto los carteles?

—No tenía ni idea. ¿Está bien?

—Suele estarlo. Se trata de picar algo, beber y charlar.

¿No van tus compañeros de clase?

—Es posible. Puede que incluso me lo hayan dicho.

—Pues todavía estás a tiempo. Si te animas, allí estaré.

No me apetecía seguir en aquella terraza, pero no quería arriesgarme a que nuestros caminos de vuelta coincidieran, así que mentí y le dije lo contrario. Cuando la perdí de vista, cogí el teléfono y llamé a José Ignacio, que me confirmó que iba a la fiesta, que todo el mundo iba a la fiesta, que era el único imbécil que no sabía nada de ninguna fiesta. Le sorprendió mi interés y se sintió culpable por no haberme avisado, pero corté de raíz aclarándole que el desgraciado era yo. Le pregunté si podía ir con él y respondió con entusiasmo, ofreciéndose incluso a recogerme con el coche. Era un buen hombre. Lástima que fuera un poco aburrido. Quedamos en vernos directamente allí.

El lugar en el que se celebraba la cena era un chalé del Brillante, un barrio tranquilo de clase alta. El autobús de línea estaba casi vacío, el conductor abría y cerraba las puertas en las paradas casi sin frenar, así que llegué pronto, y apenas había nadie.

Un grupo de jóvenes abogados, excesivamente sonrientes, me saludaron y me pidieron la entrada. «Yo te doy una ahora mismito», me dijo una del grupo cuando le expliqué mi situación, y la esperé en silencio. La entrada era más cara en taquilla, se disculpó como si de verdad lo sintiera, como si de verdad lo sintiera muchísimo. Di las gracias y me aparté de la entrada: la educación está bien en su justa medida, todo lo demás es un despropósito.

Como no conocía a nadie, fumé, que no es lo mismo que no hacer nada (nunca podré reprocharle nada al tabaco), y

José Ignacio llegó antes del segundo cigarro.

La cena era tipo cóctel, lo cual garantizaba libertad de movimiento. Los saludos eran falsos, demasiado efusivos, protocolarios, y esto me venía muy bien a mí, acostumbrado a la falta de naturalidad. Nos pedimos unas cervezas y buscamos un hueco en el que poder hablar sin gritar. No veía a Mara.

—¿Cómo es que te has animado a venir?

—Quiero convencerme de que formo parte de todo esto.

—Eso no te lo crees ni tú.

—Me ha avisado una abogada con la que me he tomado una cerveza esta tarde.

—Eso sí.

Estuvimos un rato disfrutando de nuestra complicidad mientras los invitados llenaban el salón. Los primeros sorbos de cerveza son lo mejor de una jornada alcohólica, lo de después es un quiero y no puedo que no está mal. José Ignacio me presentó a un amigo suyo, Joaquín, que a pesar de ser uno de los organizadores, no hablaba sobre la abogacía o sobre las ventajas de cambiar los cigarros por los puros: parecía un buen tipo.

De súbito, muchísimos camareros empezaron a recorrer el salón a toda velocidad con los aperitivos. Las directrices, a mi juicio, eran demasiado agresivas: no había terminado una tartaleta de salmón y ya me estaban poniendo una croqueta de rabo de toro delante de la nariz. Comer y beber con prisa es horrible, y el ritmo era frenético: apenas podíamos hablar, nos disculpábamos con gestos por tener la boca llena. Hasta que me bajé del carro y empecé a rechazar la comida. Qué importante es no dejarse llevar por la corriente de vez en cuando. En cualquier caso, la prisa de los camareros tuvo algo bueno: empezó antes la barra libre, y beber es más cómodo que comer.

Las luces se apagaron y el alcohol empezó dominar la situación. Pero Mara seguía sin aparecer. Fue tras varios intentos en vano por lograr que un camarero me atendiera cuando, por fin, la vi: «Déjame a mí», me dijo, «que tú eres muy torpe», no me dijo pero pensó. Al parecer, ya había confianza entre nosotros. Aunque también es cierto que ya llevaba alguna copa encima. Cogimos nuestra bebida y me indicó con la cabeza que saliéramos. Ella y su amiga decidieron llegar directamente a la barra libre —por lo visto, era algo habitual; insistía en no enterarme de nada—.

Ya era completamente de noche. La mitad de los invitados estaba fuera fumando o acompañando a los que fumaban, y situados muy cerca de la puerta, entorpeciendo la salida, carentes ya de sensibilidad espacial. Mientras atravesábamos la masa, me encontré con mi profesor de Derecho Penal, Emilio, con el que no había tenido ningún trato más allá del académico. No esperaba que me saludase, pero me detuvo apoyando su mano sobre mi hombro y exclamó: «¡Hombre, Diego! ¡Contigo quería yo hablar!». Casi me da algo, y Mara se partió de la risa al ver mi cara. Se apartó un poco para que él no reparase en que íbamos juntos.

—¿Quieres un puro? –me preguntó.

—No, gracias, solo fumo Winston, como Camarón. –Entonces tiraba mucho de esa coletilla, que solía tener buena acogida; es decir, no es que fuese gilipollas por nervios o casualidad, sino con alevosía.

—Bueno, bueno... –De pronto miró al cielo, no sé si

buscando el motivo por el que había decidido interponerse en mi camino o buscando la manera de respirar mejor, no estoy seguro–. Siempre pienso que no estás escuchando, pero luego te pregunto y respondes. –Supuse que quería decir otra cosa en realidad. Estaba borracho.

—No sé, no me doy cuenta.

—¿Y qué planes tienes cuando termines la Escuela?

—Ninguno, la verdad –respondí lacónicamente para que Mara no tuviera que esperar demasiado.

—¿Y te gusta el derecho penal?

—Claro. Es la rama que más me interesa, supongo que como a casi todos los que empezamos.

—Pues coge mi tarjeta y llámame el lunes.

—¿Cómo? Joder, Emilio, muchas gracias.

—¿Significa eso que hablamos el lunes?

—Por supuesto.

Normalmente, basta con no mostrar interés para llamar la atención de alguien. El trato estaba hecho.

Volví junto a Mara y nos alejamos de la gente.

—¿Cómo lo has conseguido? Es de los mejores penalistas de Córdoba.

—Ni idea. Creía que me hacía el mismo caso que a cualquier otro.

—Habrá que verte en clase.

—Habría que verte a ti por los pasillos de los juzgados.

Qué maravilla de noche. No paramos de beber, no paramos de hablar. Victoria se fue con nosotros de la fiesta, lo cual frustró mi final deseado, pero tampoco se le puede reprochar nada. Una noche así solo puede agradecerse, no se le pueden poner pegas. De hecho, ya en casa, cuando salí a fumar, ni siquiera estaba el registrador, al que temía encontrarme a pesar de la hora.

Domingo

Mi vida consiste en buscar distracciones para esquivar el vacío que siento. Suena muy grandilocuente, pero ahora mismo me parece muy acertado. Todos somos un poco cursis de vez en cuando.

Ya han terminado mis cuatro meses de trabajo en el servicio de orientación jurídica. Ojalá me hubiesen ofrecido contratarme como indefinido; estúpidamente, tenía algo de esperanza. Podría haber sucedido algo que lo cambiase todo, pero al final no ha pasado nada, que es lo más habitual. Se ha acabado otra etapa.

Ahora ha empezado mi pasantía en el despacho de Emilio. Sería una buena noticia si no supiera ya que no me va a contratar. El primer día, para que no me hiciera ilusiones, ya me aclaró que no tenía posibilidades de incorporarme al despacho, que no necesita a nadie más. Todo se reducirá a un puñado de meses de aprendizaje, lo que se lleva ahora. Aun así, agradezco su franqueza.

Bueno, a decir verdad, tampoco sé si podría trabajar mucho tiempo con alguien como él. Me explico.

En la sala de espera de su despacho no hay revistas ni periódicos, sino un archivador con recortes de prensa. Y no son recortes de prensa cualquiera, no. Conserva y exhibe los que tienen algo que ver con él, entrevistas que le hicieron o fotografías en las que sale por haber asistido a eventos reseñables;

ha creado un álbum recopilatorio de todas sus apariciones públicas para que cualquiera que lo visite lo vea. ¿Se trata de un caso de orgullo justificable? ¿Se trata de un caso de complejo de inferioridad? No sé si me da miedo o pena. En cualquier caso, me parece una locura el hecho en sí y que no sea capaz de ver nada anómalo en tal alarde de egolatría.

Además, está obsesionado con que le van a robar, vive en permanente alerta, convencido de que el mundo está deseoso de arrebatarle una pluma que le regaló su bisabuelo el día de la jura o una pistola inutilizada de la guerra civil que guarda bajo llave. Por eso tiene el despacho repleto de cámaras; en la sala de espera, en las oficinas... Y no son cámaras discretas. Todo el que entra se sabe vigilado, incluso sus trabajadores, lógicamente, a los que paga poco o muy poco. Quizá sea ese el motivo por el que tema que le roben. La tacañería tiene sus riesgos, no siempre es la mejor inversión.

Por otro lado, no le preocupa mi futuro, algo que tampoco se le puede exigir, pero finge lo contrario, y eso ya es otra cosa; eso mina mis nervios. Supongo que todo se debe a su obsesión por el prestigio. Por ejemplo, en el caso de las pasantías que acuerda cada año con el colegio de abogados, no le importan los jóvenes, sino vender la idea de que se implica en su formación, y a nosotros intenta convencernos de lo mismo para que luego no rajemos de él a sus espaldas. Pero la hipocresía termina apestando siempre, y uno tiende a apartarse. Ahora entiendo por qué algunos antiguos pasantes intentan escabullirse cuando se cruzan con Emilio por la calle.

En fin, cumpliré con mis prácticas obligatorias y me iré. ¿Qué pasará después? Lo de siempre, para bien o para mal, para casi todos: incertidumbre.

No estoy bien últimamente. La calle me resulta hostil: el tráfico, la gente amontonada, las prisas. A diario, tan pronto como salgo de casa, aprieto los dientes y corro en busca de la siguiente trinchera, huyendo de los alaridos de la cotidianidad (madre mía). Me gustaría permanecer en mi refugio, entregado a la calma y al silencio; sin embargo, en los supermercados tienen la manía de cobrarme, así que tengo que enfrentarme a la realidad y asumir los golpes.

Hoy, sin ir más lejos, he temido por mi integridad física. Un ciclista y su perro, al intentar esquivarme, me han barrido con la correa que los unía. Como si de un ejercicio de pesca de arrastre se tratase, he caído en sus redes. El perro me ladraba y giraba a mi alrededor mientras su dueño intentaba deshacer el entuerto. Cuando he conseguido escapar de la trampa, se han ido sin decir nada, y yo me he quedado solo en mitad de la calle, sin nadie que lamiera mis heridas (¡oh!). Por suerte, estoy acostumbrado a la sensibilidad de nuestro siglo. Empiezo a tener callo de tanta deshumanización.

Mara se ríe cuando le cuento estas cosas.

Tan mal no estaba. Solo que a veces me gustaba dramatizar (hasta evitaba caminar cerca de algunos edificios por si se me caía encima un suicida). De hecho, leo ahora las notas con las que estoy vertebrando mi testimonio de parte y solo percibo una encantadora y candorosa inocencia. Aunque disfrazase mis palabras de lo contrario, mis penas tenían más de pose que de realidad. Lo que pasa es que ese juego no debe durar demasiado, porque puede uno terminar creyéndose su propio personaje, como nos pasa a casi todos, y después, cuando ya es tarde, nos llevamos las manos a la cabeza.

Por mucho que se hable de la suerte o del azar, nuestro futuro depende en gran parte de nosotros. Esto es tan obvio que a la gente le da por rebatirlo. A mí me pasaba por aquel entonces. Frustrado por tantos trabajos de mierda, empezaba a pensar que mi destino ya estaba escrito y que tan solo era una marioneta a merced de las circunstancias, incapaz de zafarme de la irrompible cadena de causas y consecuencias.

No estaba a gusto en el despacho de Emilio, pero todo el mundo a mi alrededor me recordaba la suerte que tenía de poder aprender con él, y así es muy difícil ser consecuente con uno mismo. Además, no tenía tiempo para ir a mi despacho, al local que me había cedido mi padre. Se suponía que a Emilio no le importaba que yo me buscase la vida al mismo tiempo que hacía la pasantía; de hecho, lo acordamos así. Pero él actuaba obviando lo convenido, y yo tenía más cosas que perder si me rebelaba, pues no obtendría mi título sin las prácticas aprobadas, lo cual hubiese supuesto tres años más de espera para acceder al turno de oficio.

En cualquier caso, asumí que la vida tiene más momentos en los que se hace lo que se debe en lugar de lo que se quiere. Con este mantra en la cabeza, afrontaba sin protestar los tareas que me encomendaba. Y no puedo decir que no aprendiese, porque celebré juicios casi a diario. Ahora, con distancia, pienso que me vino bien aquella ración de responsabilidad y sufrimiento. Aunque no sé quién salió ganando con nuestro acuerdo.

Recogí mis papeles y abandoné la sala: el juicio había terminado. Sin embargo, al denunciado no le pareció suficiente y, a la salida del juzgado, se acercó a mí para decirme que era un hijo de puta y que deseaba mi muerte. El tipo me gritaba, me señalaba, me acusaba de ser el culpable de sus males. Su abogado tuvo que pararlo, y yo tuve que reprimir mi instinto asesino y despedirme sin dejar de caminar. Lamentablemente, no pude vaciarme de energía reventándole la cabeza.

Todavía no estaba claro si le condenarían o no, la sentencia no había sido dictada, pero le encabronó mi informe final, fruto de intereses contrapuestos a los suyos. Su abogado podría haberle explicado que solo hacía mi trabajo, que era un mandado sin nada personal contra él; de hecho, a veces me entraban ganas de explicárselo a mis contrarios, para evitar malos rollos; aunque en los juicios gana uno y pierde otro, y a veces hay mucho en juego, así que la simpatía sirve de poco, salvo que lo que se pretenda sea resultar irritante.

Mi jornada laboral, en cualquier caso, no empezó bien. De nuevo volví al despacho desanimado, frustrado. A pesar de la práctica diaria, me costaba hacer de tripas corazón.

Emilio me pedía que le sustituyera en los juicios de poca monta, y le encargaban muchos, así que estaba muy atareado. Esto me vino bien para baquetearme, pero cada día me resultaba más difícil entregarle mi vida gratuitamente. No cobraba, trabajaba mucho y tenía que poner buena cara: lo tenía todo para sentirme como una mierda.

Recuerdo una pesadilla recurrente de aquella época: la corriente de un río me arrastraba irremediablemente y no tenía nada a lo que aferrarme; intentaba luchar contra el caudal de agua marrón, pero este cada vez me empujaba a más velocidad hacia el abismo. Todo terminaba cuando un pico de vértigo me despertaba.

Muchos científicos niegan el significado oculto de los sueños, pero ni soy científico ni me apetecía quitarle la gracia a esto de la vida. Cansado de trabajar sin ser dignamente remunerado, consideraba aquella pesadilla como una premonición.

Cuando llegué a la oficina, aguanté como pude hasta la hora del almuerzo, postergando ordenadamente mis tareas. Y al llegar a casa hice lo que llevaba toda la semana queriendo hacer: desmayarme sobre la cama. «Al menos es viernes», me dijo Negro al verme. Estuve durmiendo durante más de dos horas, y al despertarme solo quería que llegara la noche para volver a dormirme.

Negro y Berto insistieron en que saliera de fiesta con ellos, pero me negué. También me llamó Mara, que había quedado con unas amigas, para que nuestras noches se cruzaran, pero le dije que no me encontraba bien. Y no mentí. Estaba mal. Solo quería comer pizza y dormirme con la televisión encendida, así era como concebía entonces mi salvación.

Pero la soledad se ríe a menudo de nuestros planes, de nuestras convicciones, de nosotros, es así de caprichosa; uno puede desear quedarse solo y, sin embargo, terminar temiéndolo, como me pasó a mí.

Sentado en el sofá del salón, de súbito, el silencio se me atragantó y mi casa se me antojó un lugar inseguro; sin venir a cuento, me sobrevino el miedo, y me arrepentí de no haber salido. «¿Y si el tipo de esta mañana quiere vengarse? ¿Y si me ha seguido?».

Cualquier sonido era sospechoso, así que bajé el volumen de la televisión para poder identificar con más facilidad posibles amenazas. Mi corazón comenzó a bombear sangre con violencia, haciendo vibrar hasta los lóbulos de mis orejas, y me costaba respirar. El miedo, en definitiva, se había apoderado de mí. Había conseguido que tuviera la certeza de un mal inminente. Y por su culpa estuve al borde del infarto cuando alguien llamó al telefonillo.

Afronté la situación pasando al ataque, como un soldado que cruza la línea de fuego más por desesperación que por valentía; me levanté, fui como un loco a abrir la puerta y pregunté de muy mala hostia, para intimidar: «¡¿Quién es?!».

Al otro lado, con trémula voz, respondió José Ignacio: «Soy yo».

Me había llamado al despacho cuando ya no estaba, y Emilio le había contado que un tipo había deseado mi muerte (sorprendentemente, mi jefe me prestaba atención). Entonces pensó que me vendría bien tomarme una cerveza con él, me dijo, por eso vino a verme.

—A veces pasan estas cosas. Nos ven como a sus enemigos, pero luego se olvidan de nosotros.

—Pues he tenido la sensación de que me la va a tener jurada de por vida.

—¿Lo conocías? ¿Lo habías visto antes?

—No.

—Y ahora ¿por qué vas a encontrártelo por ahí? Aunque Córdoba sea pequeña, sales a la calle y no conoces a la mayoría de la gente. Siempre me ha llamado la atención esto. Me muevo siempre por las mismas zonas, pero son pocos a los que veo con frecuencia. El resto son desconocidos. Estoy seguro de que al loco ese no te lo vas a encontrar nunca más.

No me convenció su teoría, pero agradecí el esfuerzo.

Además, había conseguido tranquilizarme. Ya no estaba asustado. Fui a la cocina a por más cerveza y le pregunté por su mujer. Solo quería ser educado, un buen anfitrión; con José Ignacio me pasaba eso: quería ser mejor persona. Lo sorprendente fue que él se desembarazó de la discreción a la que me tenía acostumbrado.

—No sé cómo está, la verdad. Bueno, sí lo sé. Está mal –soltó de pronto.

—¿Qué le pasa? ¿Está mala o algo?

—No creo que eso se considere estar mala. Lo que le pasa es que no se queda embarazada. Ya nos hemos hecho pruebas, y se supone que estamos los dos bien. Pero no hay manera, Diego.

—¿Lleváis mucho tiempo intentándolo?

—Más de un año. Al principio no teníamos ninguna prisa. Pero la cosa se ha ido complicando poco a poco. Y ahora es un drama cada vez que le baja la regla.

Descubrí que no solo me visitó para animarme: también lo hizo porque había discutido con su mujer. Al parecer, no tenían broncas tremendas, pero sí empezaban a usar palabras de las que pesan, de las que no se lleva el viento. Me dijo que a él no le importaba no ser padre, que podía asumirlo, pero para ella era algo impensable.

—Lo peor es que ella no descarta ni la adopción ni la gestación subrogada.

—¿Y qué opinas tú de eso?

—No quiero tener un hijo adoptado. Si no puedo tener hijos, pues me aguanto. Así es la vida. Y lo de la gestación subrogada me parece una aberración. Quizá sea un antiguo que no conecta ya con la realidad. Pero es algo que nunca podré aceptar. Me dice que el óvulo sería suyo, que el esperma sería mío y que la gestante solo pondría su cuerpo durante el embarazo. ¡Solo su cuerpo! ¡Dios mío! Una mujer da a luz y luego si te he visto no me acuerdo. No me entra en la cabeza. Lo siento mucho.

Era innegable que estaba atravesando un momento difícil, no tenía sentido intentar convencerlo de lo contrario. Y tampoco me veía capaz de decir nada que mejorase su situación. Ante aquel panorama, lo único que podía ofrecerle era mi compañía.

—Anda, vamos a dar una vuelta para que nos dé un poco el aire. Aquí encerrados no hacemos nada.

Me vestí y fuimos a emborracharnos por ahí. Obsesionarnos con el problema no iba a solucionarlo. Se lo dije y me dio la razón.

Paramos en un bar donde un grupo de abogados reconocieron a José Ignacio. Era una sorpresa verlo bebiendo copas por la noche, por eso lo saludaron efusivamente. Y el jolgorio surtió efecto: pronto, hablando de trabajo y otras trivialidades, se fue relajando. Una abogada del grupo parecía interesadísima en todo lo que decía. Lo miraba tan fijamente que los demás empezamos a sentir que sobrábamos, así que los dejamos solos. Por un momento me pregunté si se le iba a ir de las manos la noche, si le esperaba una resaca de arrepentimiento. Pero una llamada de teléfono, no sé si fingida, lo sacó de aquella conversación. Después se acercó a mí y me dijo que le había llamado su mujer: «Me echa de menos, Diego. Me voy». Estaba contento. Me alegró comprobar que sus problemas todavía se resolvían con facilidad.

Sus amigos, al ver que me había quedado solo, me

acogieron con más empeño y yo aproveché el gesto para fundirme todo el dinero que llevaba encima, que no era mucho. De vuelta, destrocé los hombros de mi abrigo rozándome con las paredes de los edificios, apenas lograba mantenerme en pie. Aun así, antes de llegar, en un alarde de previsión, vomité al socaire de una palmera gorda. Entonces empecé a recobrar la consciencia, a recuperar el color, y mis miedos, que se habían mantenido agazapados al otro lado de la barra del bar, resurgieron. Al fin y al cabo, al final de la botella siempre hay un espejo.

Me desvestí a medida que recorría el pasillo hacia mi habitación y me precipité sobre mi cama deshecha. La curda era bestial. Sin embargo, un ruido me despertó: alguien había pateado uno de mis zapatos. Asustado, me levanté y me asomé a la puerta de mi habitación para comprobar quién había sido. «¡Gilipollas, no has cerrado la puerta!», me recriminé al comprobar que no era ni Negro ni Berto. Rápidamente, cogí mi navaja de Albacete, la empuñé con fuerza y esperé frente a la puerta del dormitorio a que apareciera el inesperado visitante.

Mi pierna izquierda no dejaba de rebotar contra el suelo, y mi corazón estaba a punto de estallar. Agucé mis sentidos para percibir los pasos del intruso y poder así hacerme una idea del lugar en el que se encontraba, pero no lo conseguí. Solo me quedaba aferrarme a la navaja y esperar. Sabía que mi puerta crujía un poco, así que confié en que me ayudase a anticiparme.

No sirvió de nada. El tipo entró en mi habitación dándole una patada brutal a la puerta, que me golpeó con tanta fuerza que me tiró al suelo. Era el denunciado que había deseado mi muerte aquella mañana. No podía creérmelo.

Se lanzó sobre mí y me apretó el cuello con sus manos, cubriéndolo por completo. «Me las vas a pagar», me dijo mientras intentaba estrangularme. No conseguía librarme de él, y la navaja estaba fuera de mi alcance. Le golpeaba en lo que entendía que eran puntos débiles, sobre todo en los costados, pero no lograba reducirlo. Hasta que perdí completamente el control de la situación, perdí la fuerza. El tipo continuó apretando mi cuello con su mano izquierda y cogió mi navaja con la derecha. Sus ojos me miraron fijamente, despidiéndose de mí. Sin embargo, cuando ya lo daba todo por perdido, cuando echaba en falta ver pasar mi vida en imágenes, el insoportable sonido del despertador me devolvió a la realidad.

Otra vez se me había olvidado desconectar la alarma.

Sábado

Estoy mal de dinero, pero ayer comí en un restaurante caro, muy caro. Fue un capricho excesivo, una irresponsabilidad; sin embargo, Mara me dijo que había reservado mesa para los dos, que le apetecía pasar un día especial conmigo, y no pude negarme. Ella nunca ha tenido que preocuparse por el dinero, así que, sin darse cuenta, propone planes que no todo el mundo puede permitirse.

Es curioso que esté conmigo. Nuestras vidas y nuestros allegados son muy diferentes. Sus padres invirtieron mucho dinero en su formación, lo cual determinó también la gente de la que se rodeó, y todo ello la ha convertido en una mujer educada, prudente, culta. A mí me llama la atención porque no se parece a nadie de mi entorno, se comporta de un modo distinto, algo sutil pero evidente al mismo tiempo.

Su padre es cardiólogo, y su madre, catedrática de derecho eclesiástico. ¿Cómo serían las comidas en una casa así? ¿De qué hablarían? ¿De música? ¿De literatura? Vacaciones en el extranjero, cursos de inglés en Chicago y de francés en París, chalets con piscina... En su situación, creo que me hubiese convertido en un hombre caprichoso, engreído, arrogante; sin embargo, ella es humilde y trabajadora, sin que eso implique que sea inhibida o sumisa, porque luego es viva, sabe decir que no.

Cuento esto porque nunca había estado en un restaurante tan bueno ni había comido con una mujer como ella, así que ayer estaba un poco inquieto. Creo que es disculpable: hay que tener en cuenta que no conocía los códigos que sabía que ella tendría más que integrados en su personalidad. ¿Habría muchos cubiertos con usos para mí desconocidos? ¿Me pedirían mi opinión sobre el vino? Lo más selecto que había hecho en mi vida, desde el punto de vista gastronómico, era comer en una taberna algo más cara de la cuenta. Todo lo demás lo había visto en las películas.

Ante este panorama, solo me quedaba encomendarme al donde fueres haz lo que vieres, lo cual no siempre es fácil. Tenía que estar atento a lo que hiciera Mara para copiarle sus movimientos y, además de eso, intentar pasar un rato agradable con ella, relajarme. Lo dicho: no era fácil. Sabía que podía hacer el gilipollas en cualquier momento.

Fuimos con tiempo al restaurante, por si era difícil aparcar por allí, y pecamos de precavidos: estábamos listos con media hora de antelación. Entonces le propuse a Mara tomarnos una caña en algún bar cercano, y eso hicimos; antes de la comida, estuvimos un rato en la taberna Las 3B (un nombre incómodo, correoso, como vestir con ropa que le está a uno pequeña), donde nos pusieron una tapa de migas a cada uno. Echarle eso a la panza no era lo más oportuno, pero no pudimos rechazarlas, porque nunca pueden rechazarse unas migas, así que minutos después estábamos dirigiéndonos a uno de los mejores restaurantes de la ciudad con nuestros intestinos digiriendo ya un poco de pan, tocino, chorizo, pimientos y ajo.

El cocinero resumía su propuesta en la carta, a la que accedimos de camino a través de internet: «El legado culinario de Al-Ándalus recuperado en clave contemporánea». No me ayudó a estar tranquilo, sentí que me faltaban lecturas, y mi incomodidad se acrecentó tan pronto como atravesamos el umbral.

La entrada estaba rodeada de cortinas y paredes negras, y una tenue y anaranjada iluminación estaba exclusivamente dedicada a un rincón, en el que había un grifo dorado con manija en cruceta y una pila de mármol negro. Una mujer (vestida de negro) nos recibió y nos dio la primera orden, que marcaba el inicio de la inmersión andalusí: teníamos que lavarnos las manos. Levantando las cejas e inclinando la cabeza, me pidió que ejecutara la ablución obligatoria, y yo me remangué muy bien dispuesto. Quería mostrarme seguro (el delincuente que titubea se delata solo) y ser rápido y preciso; quería, en definitiva, empezar con buen pie. Pero las circunstancias me lo impidieron; un chorro de agua exiguo y tibio, como vomitado por un bebé, ralentizaba el proceso, y esto produjo un silencio incómodo, lo cual me empujó a intentar amenizar la espera, a improvisar: error. Como la recepcionista no me quitaba el ojo de encima, bromeé preguntándole si con lavarme las manos era suficiente, pero la broma no funcionó, y mi risa solitaria se fue apagando como un motor gripado. En adelante solo se dirigió a Mara, que se desenvolvía con soltura, risueña y comedidamente.

Una vez purificados, accedimos al comedor, una estancia circular y pequeña que, gracias a una claraboya que ocupaba casi todo el techo, estaba iluminada con luz natural. Eso me gustó, porque solo veíamos el cielo azul, no la calle; es decir, estábamos aislados, sin poder ver ni ser vistos. Aun así, me costó adaptarme al cambio, porque todo resplandeció. Todo era blanco: las paredes, las mesas, las sillas. De súbito, habíamos pasado de estar en un fumadero de opio a acomodarnos en la zona común de un psiquiátrico.

Sentados, en silencio, los comensales nos mirábamos de reojo. En las demás mesas había un sesentón pelirrojo y gordo con una mulata exuberante, dos homosexuales calvos vestidos con tonos neutros y un matrimonio francés, ambos con el pelo canoso y gafas sin montura. Cuatro mesas, nada más, ya estábamos todos. La recepcionista salió de la sala, pero no por la cortina negra, sino por una blanca y opaca, que acaparó entonces todo el protagonismo. ¿Qué ocultaba el ala blanca del restaurante? El misterio no tardó en ser revelado. La pesada tela se descorrió y lo descubrió: la cocina. El espectáculo acababa de comenzar.

Las mesas eran muy grandes y resbaladizas. Me entraron ganas de deslizar cualquier cosa sobre la superficie, de jugar al curling con los vasos, pero nunca lo hubiese hecho, porque el lugar fomentaba todo menos el esparcimiento. Allí estábamos para ver cómo cocinaban, cómo trabajaban, no para estar a lo nuestro.

Dos camareros se acercaron a nosotros y representaron, para preparar la mesa, una coreografía de una simetría exquisita, culminada con la meticulosa colocación de unos posavasos metálicos labrados con un diseño arabesco (por la pompa con la que lo hicieron, bajando los brazos desde encima de sus cabezas, me resultó decepcionante que no se tratase una hostia sagrada, del cuerpo de Cristo). Es decir, los camareros no solo servían a los comensales, también nos seducían con la cadencia de sus movimientos. Además, no se limitaban a ser agradables, sino que mostraban una simpatía inverosímil, coaccionada. Era imposible no pensar en la muerte al ver sus sonrisas.

Habíamos elegido el menú previamente, como se nos requirió, y entre las tres opciones posibles, ininteligibles todas, nos decantamos, muy diplomáticamente, por la que no era ni la más cara ni la más barata. ¿Me gustó la comida? No sabría qué decir, no sé qué pasó, no me enteré. En cuestión de minutos me sobrevino una avalancha de sabores que no fui capaz de canalizar. La presentación de todos los platos era preciosa, de una belleza sencilla pero portentosa, como la mejor artesanía, como un botijo. Y todos los sabores me resultaron ajenos, aunque en eso seguro que fui yo quien tuvo la culpa. Me he quedado con que, por lo visto, la algarroba sabe a chocolate; en la época en la que se inspira el cocinero, según nos contaron, no disponían de cacao, así que tiraban de eso. Durante la comida, además, no nos atrevimos a comentar nada de lo que íbamos probando, porque nos habría escuchado hasta la recepcionista, así que no pudimos ir construyendo un discurso sobre lo que estaba sucediendo. Aun así, eso nos vino bien para ejercitar la telepatía y el lenguaje no verbal. Fue como avanzar tres pasos de golpe en nuestra relación.

Por otro lado, algo en mí me sorprendió. Nunca me había preocupado tener las cejas despeinadas, pero desde que empezó el show no dejé de atusármelas compulsivamente. No sé por qué no fui capaz de reprimir ese impulso. Creo que Mara se dio cuenta. Pero ese es otro tema. Prefiero dejarlo para otro momento.

Salimos de allí llenos, al borde del colapso, y después nos fuimos a beber por ahí. Le mencioné a Mara lo buenas que habían estado las migas que nos habíamos comido antes del entrar en el restaurante, y se partió de la risa. Pero luego lamenté haber hecho ese comentario. Existe la teoría de que algunas mujeres se sienten atraídas por los fracasados por el deseo de rehabilitarlos. Esto, al principio, les ahorra hablar de temas como la tradición americana de invertir en bolsa, que siempre se agradece, pero a la larga suele convertirse en una trampa. Me sentí un poco trampa, vulgar, mediocre. Pero se me pasó rápido. Con Mara no puedo hundirme.

Llegó la noche y me invitó a su piso.

Su casa es limpia, ordenada, subyugante. Me gusta hasta la tostadora, en la que me he fijado mientras desayunábamos. Apenas teníamos resaca, solo estábamos un poco cansados, lo justo para suavizar la conversación sin apagarla.

Tengo la extraña sensación de ser un hombre afortunado.

Me gusta entrar en las iglesias de vez en cuando; no por Dios, sino por el silencio y el fresco. Tras una hora de paseo, entré en la primera que vi, la de San Pablo. Junto a la puerta había una mujer durmiendo en el suelo, y a sus pies un cartel rogaba caridad. Procuré no despertarla.

Todas las bancas estaban vacías, y en los confesionarios había curas con los ojos cerrados. Me senté en la última fila, junto al pasillo, y a los pocos minutos empezó a entrar gente. Los feligreses no hablaban, solo tosían, siendo su eco lo único que llenaba el templo. Había llegado puntual a misa.

El cura empezó con una retahíla de enunciados incrustados en la memoria, separados por amenes de los presentes. Terminado el discurso mecanizado, una extranjera, del este, tomó la palabra, y el clérigo aprovechó para intentar apagar un cirio que había junto al altar, pero su soplido fue insuficiente, porque la llama estaba a demasiada altura. Entonces desapareció y volvió acompañado por un señor de unos cien años, que se dirigió con un apagavelas hacia el fuego y creyó equivocadamente extinguirlo: a veces las llamas confunden, se esconden y vuelven a aparecer después. El cura detuvo al anciano, le pidió el apagavelas y, esta vez sí, apagó el cirio. La extranjera terminó de leer y se hizo el silencio.

Evangelio de Juan. Jesús se dirige a unos pescadores para solicitarles que remen mar adentro y echen las redes. Estos, a pesar de llevar toda la noche intentando faenar en vano, obedecen, y la jornada termina siendo un éxito. Jesús les guiña un ojo y se marcha. «Conviene mantener la fe a pesar de las dudas», aclaró el cura, por si nos habíamos perdido durante la lectura.

Cuando llegó el momento de pasar el cepillo, se activaron

los altavoces del templo, que chisporroteaban en su intento por amenizar el trance, y antes de que me pidieran cuentas, empezó a vibrar mi móvil. No tenía la intención de cogerlo, pero salí de la iglesia para atender la llamada al ver el nombre en la pantalla. Era Gadea.

Me sobrecogió volver a oír su voz, la de un pasado que había refrescado en mi memoria un nauseabundo registrador de la propiedad. Pero no me habló como cuando la conocí, sino secamente, como si estuviese serrando un tronco. ¿Puede llegar a desaparecer por completo la intimidad que una vez existió entre dos personas? Ni siquiera me preguntó qué tal estaba, fue al grano: su compañero de trabajo quería que me uniera a su despacho, y ella quería dejarme claro que estaba de acuerdo. Me llamaba para que no tuviera dudas sobre su posición. Se notaba que había dudado si llamarme o no, se notaba que se estaba quitando un peso de encima.

—Disculpa, Gadea, ¿quién es tu compañero de despacho?

—¿No te ha hablado de mí? Es José Ignacio.

—Joder, no me había dicho nada. Aunque yo tampoco le he preguntado. No tenía ni idea de que compartíais despacho, vaya. De todas formas, no tiene por qué saber que nos conocemos. No sé tú, pero yo nunca le he hablado a nadie de ti.

—Perdona, perdona, de verdad. Es que... No sé... Pensé que él te habría dicho nuestros nombres, por si nos conocías. Como os habéis visto con frecuencia últimamente, he dado por hecho que en algún momento lo habíais hablado. No sé... Da igual. No importa. El caso es que te va a llamar. Quiere que trabajes con nosotros. Sofía, una compañera, deja el despacho, y piensa que tú serías un buen sustituto. A mí me parece bien. No tengo nada en contra.

—Me sorprende. Esperaré a que me llame y me cuente.

—Perfecto. Y no le digas que te he llamado.

—De acuerdo. Gracias por el aviso. Me alegra escucharte.

—De nada. Eso es todo. Ya está. Bueno, una última cosa sobre lo que me has dicho: yo tampoco le he hablado a nadie de ti.

—Lo imaginaba.

—Vale. Pues solo era eso. Ya hablaremos. Adiós.

Tardé en recordar dónde estaba y qué hacía allí.

Si aceptaba la propuesta, pasaría de encontrarme a Gadea en la cafetería más triste de la ciudad a verla a diario en un despacho de abogados. Había conseguido trabajo nada más terminar la carrera. Estaba claro que ella sí encontraría algo. Seguro que tenía hasta cartas de recomendación de algunos profesores.

Preferí no decidir nada y dejarlo todo para el último momento, que es cuando más posibilidades hay de tomar decisiones consecuentes con uno mismo. Aun así, José Ignacio no tardó en llamarme.

—¿Estás muy ocupado?

—Bastante. ¿Por qué? —No quería decirle que, por aquel entonces, me sobraba el tiempo libre.

—Tengo que asistir a un detenido por un tema de violencia de género y no tengo ni idea. ¿Puedes acompañarme, por favor? Que tú eres penalista.

—Si quieres te acompaño, pero lo que soy es imbécil.

Me hizo gracia que utilizase justamente aquella excusa para vernos, queriendo evidenciar que podía echarle una mano. Quizá se estaba equivocando conmigo. No era muy sensato trabajar con alguien con una trayectoria laboral tan inestable como la mía. Vio algo en mí. Igual que yo vi algo en él, a pesar de nuestras diferencias.

Pensando en eso estaba cuando un claxon me sobresaltó. Era José Ignacio y su sonrisa amplia y bondadosa. Tenía un buen coche, el que se merecía. Me senté en el asiento del copiloto y me dio la mano protocolaria e irónicamente.

—¿Qué pasa, Diego? Liadísimo, ¿no?

—Cada uno trabaja a su manera.

—Creo que la mujer no va a declarar. Me acaban de decir que se ha arrepentido.

—Entonces terminaremos rápido.

—Por cierto, aprovechando que te veo, quería comentarte un asunto. —Esperó alguna respuesta por mi parte, pero no se la di—. Una de mis compañeras se va del despacho, así que se va a quedar una oficina libre. ¿Te apuntas?

—Tendría que pensarlo. Ni yo mismo me quiero como compañero.

—Venga, hombre. Que te lo digo en serio.

Llegamos al Juzgado y, en primer lugar, solicitamos hablar con el detenido. José Ignacio, ante la mirada que el policía me dirigió, se vio obligado a indicar que éramos compañeros, y me guiñó un ojo cuando el agente se dio la vuelta.

En el calabozo, un señor de unos sesenta años nos esperaba. Antes de que supiera quiénes éramos, recorría la celda de una pared a otra; cuando nos identificamos, se aferró a los barrotes rogando clemencia con la mirada.

El policía no nos dejó a solas, así que tuvimos que recurrir al susurro. El hombre nos contó su versión: una discusión cualquiera motivada por la solicitud de divorcio de su mujer. Consideraba una estupidez divorciarse a su edad, y nos explicó que no podía quedarse solo, que tenía problemas de espalda y la necesitaba a su lado. Respondió con evasivas cuando José Ignacio le preguntó si hubo violencia, si le pegó: «Fue una discusión normal, como la de cualquier matrimonio, lo normal, ya está, no hay que darle tantas vueltas». Le explicamos cómo iban a desarrollarse las primeras diligencias y las diferentes alternativas en función de las declaraciones. Después nos fuimos a hablar con el funcionario encargado del asunto.

La mujer no iba a declarar, y sus hijos tampoco. Se echaron para atrás, así que pondrían al denunciado en libertad esa misma mañana. Mientras esperábamos, la hija se acercó a nosotros y nos contó que ni su madre ni ella querían que le pasase nada malo, pero que pensaban que necesitaba un psicólogo y que tenía que dejar el alcohol, porque lo transformaba en otra persona. José Ignacio se comprometió a hablar con él antes de marcharse, y ella lo agradeció.

Las declaraciones fueron un mero trámite, salvo la del acusado. El juez se personó para decirle, levantando la voz, que si se repetía lo sucedido, aunque su mujer se arrepintiese, se encargaría de que no se redujese todo a una noche en el calabozo. Sin dejar de mirarlo a los ojos, forzó un silencio incómodo ante el que el acusado terminó asintiendo y agachando la cabeza. Su mensaje fue contundente gracias al desasimiento de todo formalismo, y su actitud evidenció la desesperanza ante un problema al que debía enfrentarse con demasiada frecuencia.

Salimos del juzgado y el hombre en libertad nos dio las

gracias y nos pidió una tarjeta de visita. José Ignacio le recomendó que pidiera cita con un psicólogo, le apuntó un nombre en la tarjeta, y el tipo asintió sin convencimiento. A lo lejos, su hija observaba la escena. «Y deja la botella, que se lo carga todo», apuntó mi compañero cuando se dieron la mano, ante lo que volvió a asentir sin convencimiento. Finalmente, lo vimos subirse a un taxi con su mujer.

—¿Volverá a hacerlo? —pregunté.

—Espero que no. Confiemos en el informe de valoración de riesgo.

—Esos informes son una mierda.

—Si quieres, nos pegamos un tiro.

—No, vámonos de aquí.

Lidiar con la incertidumbre formaba parte de nuestro día a día, y lo hacíamos lo mejor que podíamos.

Ya en el coche, le dije que aceptaba su propuesta. A veces conviene mantener la fe a pesar de las dudas.

Domingo

Nadie deja de ser un desconocido hasta que no ha tenido la posibilidad de matarte. Por eso resulta inquietante citarse con alguien con quien has contactado a través de internet. Aunque a veces pienso que las personas que conocemos desde la infancia o la adolescencia no son necesariamente las que menos pueden sorprendernos. El tiempo y el roce reducen la objetividad. Se baja la guardia.

Gadea ha fingido no verme, y yo he hecho lo mismo. Iba dando un paseo y la he visto salir de una farmacia. Nuestras miradas se han cruzado y automáticamente hemos agachado la cabeza. No esperaba esto cuando me incorporé al despacho. La realidad me ha sorprendido con una hipótesis que no barajé. Y el día a día en el trabajo cada vez me resulta más desagradable. Solo me saluda cuando no le queda más remedio, cuando coincidimos en el ascensor o algo por el estilo. Después entra en su despacho, cierra la puerta y no habla con nadie.

No sé qué le pasa, y creo que no voy a poder descubrirlo. Al principio pensé que era una cuestión de tiempo, que volveríamos a llevarnos bien, como antaño. Pero ahora me parece imposible recuperar algo parecido a lo que tuvimos. Con cada uno de sus gestos no hace sino pedirme que no me acerque. He intentado hablarlo con ella directamente, pero no ha servido de nada. Me trata como si fuese un estímulo aversivo. Me evita, huye, y su actitud me perturba hasta llegar a influir en mi estado de ánimo. Estoy nervioso, irascible, encasquillado.

Los problemas son inherentes a cualquier trabajo. Nadie se escapa de las preocupaciones laborales, bien por la relación con los compañeros, bien por los errores cometidos. E incluso una llamada inoportuna puede estropearle a cualquiera un fin de semana. Todo es normal, y todo el mundo se desahoga contándole sus cuitas a su pareja o amigos para continuar después con sus vidas con virtuosa resignación. Pero yo no me veo capaz de hacerlo. Sé que cualquiera tiene que afrontar este tipo de cuestiones, tiene que asumirlas, y además no es tan grave, tan solo una compañera de trabajo me evita sin motivo aparente. Es decir, debería aislar el problema y esquivarlo. Pero no puedo; no consigo quitármelo de la cabeza, y necesito zafarme de esta zozobra como sea. No puedo vivir como si no pasase nada. Y me cabrea descubrirme tan blando, debo reconocerlo. Me avergüenza preocuparme por esto. Pero tengo la sensación de estar a punto de estallar, como si Gadea hubiese pulsado el botón que activa resortes que preferiría tener inutilizados.

A Mara no le he contado nada de todo esto. Quizá me vendría bien hacerlo. Así podría confirmar si estoy perdiendo la cabeza o no. Pero a ella no le voy a decir nada. Prefiero ocultárselo.

José Ignacio, por su parte, se mantiene impasible ante lo que está sucediendo. Quizá no se haya dado ni cuenta, o lo considere algo personal y sin importancia entre nosotros. De hecho, puede que no esté pasando nada en realidad, puede que me esté volviendo loco.

No, no: algo tiene que cambiar. Así no puedo aguantar. Y ella creo que tampoco puede. Lo noto. Tampoco está bien.

Lo peor de todo es que sospecho que su comportamiento tiene algo que ver con el vecino registrador. El hijo de puta puede seguir forrándose de pasta al mismo tiempo que se autodestruye sin piedad. Va una vez a la semana a firmar escrituras y luego vuelve a su casa a hacer lo que lleva semanas haciendo: emborracharse ridículamente en la terraza.

Acumula botellas vacías junto a su butaca. Ya no le da el ánimo ni para tirar la basura, lo cual evidencia su declive. Y nunca habla, solo grita. Coge furiosamente el teléfono y entra en su piso para enfrascarse en peleas ininteligibles. Al menos tiene el pudor de no escandalizar a los vecinos vociferando desde la terraza. No ha alcanzado todavía la cima de la enajenación.

Está claro que se ha quedado solo y que no le ha sentado nada bien. Debía de dar por hecho que, por su posición, nunca le faltarían mujeres a su alrededor. Pero se equivocaba. Y descubrir su error lo ha embrutecido. Ahora es un aldeano obtuso y abyecto, atrapado en los límites de su arrogancia. Esa papada y esa cara flácida y repleta de venillas no son plato de buen gusto, como tampoco lo es esa vana y exagerada soberbia. Soportar el peso de toda esa necedad mórbida se paga ya mucho más caro.

Temo que esté chantajeando a Gadea con vídeos como el que nos enseñó. Pero eso quizá sea demasiado. Es pensar demasiado por mi parte. Y no soluciona nada.

En cualquier caso, si es él el problema, ojalá que acabe pronto con lo que ha empezado.

Llegó la boda de Páter. Mara y yo entramos en la iglesia justo cuando empezaba la misa, así que tuvimos que sentarnos en la última banca. Berto y Negro nos saludaron silenciosa pero efusivamente desde lejos. Gallardo se quedó fuera bebiendo cerveza.

El vestido de Mara era de terciopelo azul oscuro, ceñido al cuerpo y con mangas de tres cuartos con encaje negro en los extremos. Llevaba el pelo recogido, lo cual realzaba su cuello y le daba mayor protagonismo a sus pendientes, que eran de su madre. La miraba de reojo, esbelta, circunspecta. A veces me devolvía la mirada y sonreía. Me sobrecogió mi fortuna.

Al terminar la misa, esperamos en las bancas a que salieran los novios, y después nos dirigimos a los autobuses que nos llevarían al cortijo en el que se celebraba el convite. El trayecto se hizo largo: trasladar a los invitados en autobús es una aberración como tantas otras de las que se estilan ahora en el sector nupcial. Aun así, me hizo gracia verme junto a Mara, como dos colegiales. Por fin me sentaba al lado de la niña que me gustaba.

El sol quemaba, así que las sombras se rifaban durante el cóctel, que era al aire libre. Entre una gran variedad de canapés, triunfó el jamón, que estaba un poco sudado y se derretía en la boca. Un grupo de jazz engrasaba las conversaciones. El alcohol todavía no gobernaba nuestros nervios.

Cuando terminó el cóctel, ya estábamos lanzados. Y tuvimos suerte con nuestros compañeros de mesa, porque también estaban medio borrachos. Los novios entraron al salón del almuerzo bailando, dando saltitos entre las mesas, y los invitados nos levantamos y les aplaudimos mientras sonaba una canción discotequera (otra aberración, quizá la peor). Después, de golpe, se cortó la música, y todos nos recompusimos antes de sentarnos. El alcohol empezaba a amortiguar la acometida de la vergüenza.

Las comidas de las bodas suelen ser incómodas; por el tipo de mesas y sillas y por la ropa que se lleva, se agradece estar de pie, así que siempre es bienvenida la brevedad. Aun así, Mara me pidió que me quedara con ella un rato después del postre, alargando el café. Fue una gran idea por su parte: lo mejor de las fiestas no suele ocurrir en la pista. En aquel salón recién desocupado, de hecho, incluso nos vinimos arriba. Tanto es así que trazamos un plan para encontrarnos en el baño. Aunque, una vez allí, junto al inodoro, nos miramos y nos entró la risa. Salimos y nos fuimos a la barra libre.

Entonces comenzó el espectáculo: brindis que se desbordan, abrazos etílicos, bailes inverosímiles. Bebí y fumé sin parar. Fumé muchísimo, como siempre.

En mitad de la borrachera, de pronto, me pareció ver a Gadea, y me dirigí hacia ella. Hablaríamos y todo se arreglaría. Borracho, todo parece fácil. Pero cuando la tuve enfrente descubrí que me había equivocado, que no era ella, así que fingí que iba al baño.

Todo cambió cuando volví.

Lunes

Mientras duermen o fingen dormir, me he venido al salón, que durante la noche parece una estancia ajena a la casa. Nunca había estado en el apartamento de los padres de Mara, y ojalá lo hubiese hecho en otras circunstancias. Ha sido un día horrible, y mañana puede ser peor. Dentro de unas horas tenemos que volver al hospital.

Sin venir a cuento, la vida da a veces unos sartenazos que le dejan a uno la cabeza retumbando. Cualquier día vas a comprar el pan y te topas con la muerte, de la que además conviene no fiarse, porque es muy aficionada a las visitas en oleada.

Pero debemos mantener la esperanza. Eso es, espera y esperanza, lo que dicen los médicos.

No iremos, no vendremos, no nos moveremos del sitio. Mientras tanto, el futuro permanece en vilo.

Temo escribir algo de lo que me arrepienta.

Cuando volví del baño, Negro, preocupado, se acercó a mí y me dijo que saliese a ver a Mara, que estaba en el jardín. No pregunté ni respondí nada. Atravesé la multitud con presteza pero sin llamar la atención y la vi a lo lejos, buscándome con la mirada. Entonces aceleré el paso y la sujeté aferrándome a sus hombros. Nunca había visto a nadie temblar de miedo. Acababa de enterarse de que habían ingresado a su madre en el hospital.

Fingí dominar la situación, que es lo mismo que dominar la situación, y nos fuimos de allí sin despedirnos. Nos cambiamos de ropa, preparamos a ciegas nuestro equipaje y nos montamos en el coche. Conduje a toda velocidad, todavía bebido, hasta llegar a Málaga. La adrenalina contrarrestó el efecto del alcohol, me mantuve plenamente concentrado en la carretera. «No puede ser, no puede ser, no puede ser», repetía Mara durante el trayecto.

El miedo viajó con nosotros, secó nuestras gargantas. Mara no fue capaz de llamar a su padre, temía recibir la peor noticia de todas, así que no supimos exactamente qué había sucedido hasta que llegamos al hospital.

En la unidad de cuidados intensivos, un hombre con el rostro desencajado abrazó a Mara. Después se giró hacia mí y me estrechó la mano. Así conocí a su padre, y lo primero que le escuché decir fue que iban a operar a su mujer al día siguiente, a primera hora de la mañana. Entonces comenzaron los días de paciencia forzosa, de impotencia.

Cada vez que se abría la puerta de la sala de espera, estallaban los nervios de los presentes. Miradas de pánico y expectación, ávidas de vida, apuntaban hacia el umbral. No podíamos hacer nada, solo esperar un nuevo informe médico o el turno de visita. Me enteré allí de que, en la unidad de cuidados intensivos, no se puede permanecer junto a los enfermos. Se estipula un horario específico para poder estar con ellos. Agradecí haber sido tan inocente durante tanto tiempo.

El día de la operación, a las siete menos cuarto de la mañana, tres cirujanos nos explicaron en qué consistía y el tiempo de duración estimado. Después se dirigieron hacia el quirófano: su jornada laboral empezaba con una operación a vida o muerte.

Aquellas horas fueron insoportables. Son situaciones que no pueden demorarse demasiado; sencillamente, son insostenibles. Nos sentamos en un banco que había frente a la entrada principal y contuvimos nuestra impaciencia como pudimos: cigarros a medias, frases inconclusas, incredulidad chistada. Apartaba la mirada antes de que Mara me la devolviera. Prefería no cruzármela. No tenía respuestas.

Por fin, nos avisaron: todo había salido según lo previsto, sin contratiempos (suspiro); sin embargo, la situación seguía revistiendo gravedad, los médicos hicieron hincapié en ello (nudo en la garganta). Ante este panorama, cada hora que pasaba la concebíamos como un rodillazo a la parca. Aguantamos sin permitirnos dudar, peleándonos contra los peores presagios. Llegamos incluso a cometer el error de anticiparnos a posibles secuelas, haciéndonos a la idea de que tendríamos que adaptarnos a nuevas circunstancias. En definitiva, pensamos en todo menos en la muerte. Pero no por una cuestión de ingenuidad, sino de supervivencia.

Hasta que el hecho de que siguiera viva dejó de ser suficiente, pues los médicos nos informaron de que tenía que despertarse. Entonces se invirtió el efecto que provocaba en nosotros el paso del tiempo, y la muerte nos empezó a devolver los golpes.

Fueron nueve días de hospital que terminaron con la realidad reventando el espejismo. El cerebro no acepta fisuras, y la sangre siempre tiene que estar de paso, nunca estancada.

Al principio, Mara pasó días enteros encerrada en sus pensamientos, ajena a su entorno. Y cuando hablaba, algo poco frecuente, destrozaba las conversaciones, rompía con todo. Recuerdo que un día me dijo que prefería sus pesadillas a su vida.

Pasado un tiempo, obvió su tristeza y se centró en la de su padre. Tan pronto como podía se plantaba en Málaga para atender a su demanda. Iba a visitarlo cada fin de semana. Pero no le sentaba bien, sino todo lo contrario: como él no ocultaba su profunda depresión, volvía a Córdoba abatida, con miedo a haberse despedido de un hombre a punto de suicidarse. «Debe de estar muy enfermo: solo así se comprende tanto egoísmo y tanta ceguera», pensé. Mara no me dejaba acompañarla. Insistía en vano.

Estaba con una mujer que no estaba en ninguna parte. Durante la semana me esquivaba con excusas laborales; llegado el fin de semana, se iba a Málaga a ver a su padre. Desde fuera puede parecer fácil afrontar estas situaciones. Basta con enfrentarse a la persona que nos rehúye y forzar una explicación, exigirla. Pero lo cierto es que no es tan sencillo hacer eso, supongo que por miedo a confirmar lo que uno sospecha. Así las cosas, casi sin darme cuenta, me fui adentrando en el terreno de lo borroso, de lo vago, donde no hay bromas ni complicidad, donde no se encuentran las palabras, donde el presente se convierte en una losa. Estaba desesperado. No sabía qué hacer. Como último recurso, reservé un hotel en Rota. Encontré una buena oferta de viernes a domingo y no lo dudé: un fin de semana a solas, alejados de nuestras rutinas, quizá nos ayudase a reconducir nuestra relación. Mara se resistió al principio, porque iba a faltarle por primera vez a su padre, pero terminó cediendo (estuve al borde de la súplica).

Durante el trayecto no sé si estuvo dormida o si se lo hizo, quizá un poco de las dos cosas. Le daba el sol en la cara, pero permanecía inmóvil, sin inmutarse: su indolencia se manifestaba hasta en su forma de estar presente.

Llegamos al hotel y la recepcionista nos dijo que todas las plazas de aparcamiento estaban ocupadas. Según la reserva, estaba incluido el parking, sin matices, pero lo último que me apetecía era discutir. Mara, en cambio, no se contuvo y resopló de forma exagerada, como una adolescente. Yo la conocía, sabía que era una mujer con una buena educación y un gran control sobre sí misma (su padres habían hecho un gran trabajo), por eso me resultaba todavía más doloroso verla así, tan alejada de la mesura que la caracterizaba. La recepcionista, obviando el gesto, imagino que consciente de estar ante una persona con problemas, nos dio una solución sin perder el ánimo. Al lado, en el puerto, había un parking seguro y barato. «¡Estupendo!», respondí, intentando aligerar el ambiente con forzada efusividad.

La habitación era amplia, con suelo de mármol blanco y paredes también blancas. En contraste, destacaba el verde alga de las cortinas, de la colcha y del cabecero de la cama. Esos eran los dos colores protagonistas. Y la decoración bicolor se mantenía en el baño, que era lo mejor de todo, donde había una ducha del tipo pasillo sin salida, impermeabilizada con losetas de piscina, y donde había tanto espacio que podía tumbarme en el suelo, hacer el ángel y no tocar nada con ninguna de mis extremidades. Abrí las ventanas y, a pesar de Mara y su silencio, me reconfortó el olor a mar: algunos placeres, aunque fugaces, son invencibles. Esquinándome un poco, pude ver la playa y los reflejos iridiscentes sobre la superficie del agua. Era un día tranquilo, soleado, sin bullicio. Todo estaba dispuesto para el gozo.

Sin cambiarnos de ropa, sin importarnos ir vestidos de ciudad de interior, salimos a la calle en busca de un restaurante en el que comer algo. Nos costó un poco más de lo esperado, porque es complicado tomar decisiones con una persona gobernada por la apatía, pero al final me impuse y nos sentamos en una terraza sin vistas pero con sombrillas. La luz del sol rebotaba en las paredes encaladas de la callejuela. El cielo azulísimo discurría entre los toldos blancos y amarillos y blancos y verdes que se derramaban por encima de los balcones. Aquella calle antigua pero coqueta le sentaba bien a Mara. Era una lástima todo aquello.

El camarero era chistoso, y eso era demasiado para nuestro humor; aun así, volví a optar por la misma táctica que con la recepcionista: todo me emocionaba muchísimo, fuese lo que fuese. Animado por el camarero, llegué incluso a entrar en el bar para echarle un vistazo al mostrador de pescado que tenían, aunque mis limitados conocimientos me impidieron decidirme por nada, y terminamos pidiendo lo esperado: choco frito, tortillitas de camarones y almejas en salsa. Por momentos, Mara parecía animarse; me empleé a fondo y conseguí que sonriera intermitentemente. Ahora sé que lo hacía por pena, consciente ya del final.

Propuse un cambio de bar después del postre, una copa en otra terraza, pero no aceptó, quería dormir la siesta. Frustrado, intenté convencerme de que era la mejor opción para soportar su indiferencia. El fin de semana iba a ser una carrera de fondo, así que tenía que dosificar mis energías.

Dos horas más tarde, me desperté abotargado, sintiéndome un trozo de grasa sedimentada, pero no me dejé llevar por el desánimo. Obvié las protestas de mi cuerpo y me metí en la ducha dispuesto a aprovechar la noche. No era descabellado el optimismo. Un paseo, una cena, alguna copa: no tenía por qué ser tan difícil.

Empezamos recorriendo el paseo de la playa, salpicado de chiringuitos y tenderetes hippies. Mara había leído un rato mientras yo dormía, y mantenía el entusiasmo causado por *El libro de Rachel*, de Martin Amis. El descubrimiento despertó su ánimo, tanto que, inesperadamente, llegó a decirme que quería que viajáramos más. Podríamos buscar un vuelo barato a Italia. Mencionó Palermo, y continuó con Florencia, Bolonia, Roma. Todas las ciudades eran un acierto. Beberíamos *spritz*, comeríamos pasta, pasearíamos sin rumbo. De pronto, se fijó en un chiringuito en el que sonaba música cubana y entramos allí a cenar. Clara y rotundamente, volvía a estar todo bien, por fin. Había recobrado su vitalidad. Sonreía. En cuanto a mí, superada la sorpresa, no tardé en adaptarme a su ritmo. Todavía no había bebido nada y ya vomitaba sentencias de borracho con ínfulas artísticas. Estaba entusiasmado, lanzado. Después de cenar, seguimos bebiendo copas, entregados a una conversación encendida, y me sentí estúpido por haber dudado de Mara y de la posibilidad de una vuelta a la normalidad. Todo había cambiado de golpe

Sin duda, la euforia me cegó, pero el espejismo no tardó desvanecerse: al salir, pisó una baldosa partida del paseo y se cayó al suelo. Primero se golpeó las rodillas; luego tuvo que frenar con las manos. Fue una caída muy fea, a trompicones, como si intentase dominar un caballo que se revuelve. Sus rodillas empezaron a sangrar, y se desolló las palmas de las manos. Al verla tirada en el suelo, como un súbito ahorcamiento, la pena me sobrecogió, me secó la garganta. Rechazó con asco y rabia mi primer intento de ayuda; después, cuando otros paseantes se acercaron a nosotros, lo aceptó. Le escocían las manos, el golpe en las rodillas la encogía de dolor. Pronto apareció una mujer, procedente de una heladería, con algodón y agua oxigenada, y nos dejó a solas en un banco. Me arrodillé y le limpié las heridas, y, poco a poco, recuperó la calma. Pero nuestro plan se había truncado. Quería volver al hotel tan pronto como se lo permitieran sus rodillas. La señora de la heladería volvió a acercarse y le regaló a Mara una tarrina de vainilla. Era una mujer sabia: la abstracción que reporta un helado facilitó que se relajara del todo.

Justo antes de entrar en nuestra habitación, coincidimos con los que dormían al lado, una pareja joven, de unos veinte años. Se hacían cosquillas, se magreaban, correteaban alegremente por el pasillo; para ellos, vivir todavía era un juego. Me quedé embobado mirándolos, con la llave frente a la cerradura, y ellos apenas repararon en nuestra presencia. Nos dieron las buenas noches entre risas y entraron en su habitación.

Cuando salí del baño, después de lavarme los dientes, Mara ya estaba de lado, dándome la espalda. Me metí cuidadosamente en la cama y fijé la mirada en la poca luz que entraba por la ventana. Segundos después, los de al lado empezaron a gritar y gemir como locos, quebrando nuestro silencio, y no pude reprimir la risa. Mara chistó, y tuve que taparme la boca para que no me oyera. La vida se convierte en un chiste cuando tan descarada subraya nuestras desgracias.

Por la mañana nos esperaba el bufet libre del hotel, del que solo disfruté en compañía un rato. Mara no tenía hambre, y me dijo que me esperaría en la piscina. Ante su abulia, crucé las piernas, abrí la novela corta que me había comprado para el fin de semana y fui picando trozos de fruta mientras la leía. Frente a mí había un ventanal, desde el que vi a Mara tumbarse bocabajo sin quitarse ni siquiera la camiseta. Entendí como un acto de coraje no irme junto a ella directamente, y concebí como un síntoma de debilidad lo poco que aguanté hasta que me puse el bañador y me fui a las hamacas.

A un lado teníamos a una pareja de alemanes achicharrándose al sol, abandonados física y mentalmente; al otro lado, a un solitario y colorido cuarentón (gafas de sol de montura azul celeste, camisa hawaiana roja, bañador verde manzana y chanclas Adidas de color rosa). Este último hablaba a voces por teléfono, intentaba convencer a su interlocutor para pasar un día de velero y calitas, pero no lo conseguía, así que repetía machaconamente: «No sabéis vivir, no sabéis vivir, no sabéis vivir». Desvié la mirada e hice el amago de leer: fue imposible intentarlo. Finalmente, preferí huir hacia la piscina, que estaba vacía. Me deslicé hacia la esquina más alejada intentando no pensar, centrado en mi respiración. Los bordillos estaban ligeramente inclinados, así que pude apoyar mis hombros y tomar el sol en el agua. La luz, filtrada por mis párpados, enrojecía mi mente. Con sutiles patadas, mantenía mi cuerpo a flote. El silencio se impuso, y pude disfrutar de un buen puñado de minutos de calma y abstracción. Hasta que estalló una canción demoníaca, una inesperada melodía infantil: «El baile del sapito». Entreabrí los ojos y vi a una joven dando voces para animar a los huéspedes a unirse a su próxima clase. Era la monitora de *aquagym*. Los gestores del hotel debían de estar muy preocupados por atender las necesidades de todos sus clientes, sin excepción, y había llegado el momento de las minorías. Al final solo logró engatusar a dos niños de unos ocho o diez años y a un adulto con síndrome de Down. Mara se levantó de la hamaca y me avisó con un gesto de que nos íbamos. La canción era insoportable, no salimos corriendo por pudor. Ya en la calle, la tarareé con retintín, y Mara explotó de risa. Nos unió el espanto, al que le debo nuestro último buen rato.

Bebiendo cerveza, con los pies metidos en la arena, nuestro almuerzo se redujo a tres o cuatro tapas. Después, el alcohol nos amodorró, nos arrebató las ganas de buscar un restaurante, así que terminamos sucumbiendo de nuevo a una siesta larga, anquilosante. Me despertó Mara para decirme que iba a salir un momento, que necesitaba hacer una llamada. Mientras tanto, me di una ducha para espabilarme y me tumbé a leer un rato. Cuando volvió, estaba muy seria. Había hablado con su padre, no me dijo nada más, solo que al día siguiente quería salir temprano.

Repetimos el plan de la noche anterior, pero todo apestaba a despedida. Respondía sin ganas, se mostraba ausente. Frustrado, la detuve en mitad del paseo. Ya estaba bien. Necesitaba saber qué le pasaba. La sujeté de los hombros, la miré fijamente y le pedí explicaciones. Pero fingió sorpresa. Me dijo que no le pasaba nada, que me lo diría si así fuera. Aquella noche llegamos por separado a la habitación. Me quedé en una terraza del hotel fumando un rato. Estar juntos sin estarlo realmente era incomodísimo.

Cuando volví ya estaba dormida, y los vecinos llegaron demasiado tarde como para que me despertaran sus arremetidas. A veces el cuerpo se desliga de nuestra voluntad, habla por sí mismo. Por la mañana, Mara estaba abrazada a mí. Me quedé inmóvil para no despertarla, intenté respirar con la mayor delicadeza posible, y no sé cuánto tiempo pasó hasta que se despertó. Entonces fingí estar dormido, y ella se apartó de mí y se sentó al borde de la cama. No dije nada, tan solo me quedé mirándola, fijándome en las pecas de su espalda. Se giró y me descubrió, pero ni siquiera nos dimos los buenos días. Se fue directamente a la ducha.

Cuando llegamos a Córdoba me pidió que la dejara en un semáforo que había al lado de su casa. Se despidió de mí con un beso frío con el que supuestamente debía de quedarme tranquilo. Después cerró la puerta con algo más de fuerza de lo normal, como si tuviera prisa, y se marchó. No quise verla desaparecer. Desvié la mirada hacia la ventana del conductor. Enfrente, en un Mercedes plateado, un calvo con bigote y ojos tristes de bulldog inglés, absorto en sus pensamientos, se hurgaba la nariz. Dejó la faena al sentirse observado.

Lo que vino después fue tan común como triste. Por un lado, la herencia produjo disputas familiares; por otro lado, el padre, alcohólico y depresivo, empezó a quedarse cada vez más solo: sus hermanos, rescatando palabras del pasado que habían sido olvidadas, se armaron con argumentos peregrinos para justificar su huida (cuidar de un hombre enfermo no es fácil, es más cómodo apartarse, pero antes suele buscarse una excusa para calmar la mala conciencia). Todo ello terminó con una familia feliz destruida.

En cuanto a mí, todavía me pregunto si pude hacer algo más. Llegó un momento en el que Mara se cansó. Me pidió que hiciera mi vida y se fue a vivir a Málaga. Intenté evitarlo, por ella y por mí, pero no conseguí que cambiase de idea. Creo que no encontró en mí a alguien a la altura de su dolor, y prefirió ponerle punto final a nuestra relación.

Dicen que los aciertos y los errores, a la larga, tan solo son una cuestión de perspectiva. Esta es una idea que puede animar temporalmente a quien acaba de equivocarse, pero lo cierto es que algunas penas se enquistan y solo envejecen, lo dejan a uno a la deriva.

Martes

Ha sido una mañana nublada pero clara, cegadora, y chispeaba alternativamente, humedeciendo el ambiente. He aparcado en la calle de detrás del juzgado y, a pesar de encontrarme bien físicamente, he salido del coche con esfuerzo. Me sobraba la chaqueta, la corbata. Acababa de llegar y ya estaba pensando en el tedioso viaje de vuelta, un trayecto de una hora por carretera nacional.

Resignados, aburridos, los abogados fumaban y charlaban en la entrada del edificio para matar el tiempo. En estos casos siempre hay uno que dice: «Los jueces pueden llegar tarde, pero ¡que no se les ocurra a los abogados!». En mi caso, me habían citado a las once de la mañana, pero el juicio verbal no se ha celebrado hasta las doce menos cuarto. A veces se hace tan larga la espera que se le olvidan a uno los nervios. Llega un momento en el que solo soy mis ganas de volver a casa y olvidarme de todo.

«Nos toca, compañero», me ha avisado el abogado contrario. Algunos clientes esperan que nos llevemos mal entre nosotros, como si fuese imposible defender ideas contrarias por pura obligación profesional sin que se resienta la relación personal. Pero lo cierto es que suele prevalecer la compasión, el saber que hacemos lo que podemos para malvivir lo mejor posible.

La sala de vistas estaba al final de un pasillo, y la puerta estaba abierta, así que he visto al juez antes de entrar. Estaba enjugándose la frente, visiblemente hastiado. La funcionaria que tenía a su lado, al vernos, nos ha sonreído ampliamente, intentando contrarrestar la actitud de su superior jerárquico, pero este no ha tardado en reprimir su conato de simpatía: sin darnos tiempo para acomodarnos en nuestras butacas, le ha ordenado que activase la grabación de la vista. El tipo tenía prisa y no la escondía.

Resumen de los hechos: se produjo un accidente en una intersección regulada por semáforos; es decir, uno de los dos conductores cruzó en rojo. Conducían sin acompañantes, pero ambos, para el acto del juicio, citaron en su momento a sus respectivos testigos: uno que pasaba por allí caminando y otro que iba en su coche tras uno de los implicados (en ambos casos, supuestamente). El atestado de la Guardia Civil no reflejó nada en cuanto al posible responsable, así que los testigos constituían la prueba determinante. Eso era todo lo que tenía para afrontar el juicio de hoy.

Las declaraciones de los conductores han sido burocráticas, previsibles: han defendido las tesis contrapuestas esperadas. Después ha llegado el turno de los testigos, el momento en el que me jugaba el pleito.

Ha empezado declarando mi testigo, un joven de veinte años con una hoja de marihuana tatuada en el dorso de la mano izquierda. Tan pronto como ha empezado a hablar he tenido claro que la cosa no pintaba bien. Se ha visto superado, le han sorprendido sus nervios, y el velo tras el que escondía su verdadera personalidad se ha desvanecido: seguía siendo un niño temeroso de la reprimenda de su madre. Ante esta situación, el abogado le ha apretado las tuercas y no ha tardado en evidenciar que había pactado una versión de los hechos con mi cliente. Mientras se retrataba, me lo he imaginado ideando el plan, creyéndose avispado, y la mala hostia me ha tensado la nuca hasta dolerme. Todo parecía una broma de cámara oculta. Me ha extrañado que el juez no interviniera. Finalmente, el chaval ha caído en una trampa definitiva. El abogado contrario le ha preguntado si vio al hombre que acompañaba a mi cliente, y ha respondido que sí, pero que no recordaba bien su cara. Entonces le ha sugerido que podría estar confundido, puesto que el propio conductor había manifestado ir solo. Y en ese momento se ha venido abajo. Ha dejado de responder y se ha escudado en su mala memoria. Su testimonio ha sido una vergüenza.

El niñato de mierda me ha dejado en ridículo. Mi propio cliente me la ha jugado. No sabía dónde meterme.

El resto de la vista no ha servido sino para subrayar mi derrota, para inflarme de ira. Estoy hasta los cojones de juicios de mierda. Ni ganándolos me sentiría satisfecho. Pero lo que ha sucedido después ha sido el colmo. Soy un paria sin remedio. Estoy perdido. Al salir del juzgado, de nuevo, he sido incapaz de controlarme: he vuelto a caer en la tentación de tirarme de cabeza por el precipicio, de incrementar al máximo el daño.

Seguía chispeando del mismo modo, molestando como molesta una mosca, y mi cliente no se callaba. Me ha acompañado hasta la calle de detrás del juzgado; él hablaba y yo no decía nada. Hasta que hemos llegado a la plaza de aparcamiento. Entonces he dejado mi maletín en el asiento del copiloto, he cerrado la puerta y, antes de meterme en el coche, me he girado para mirarle a la cara. No paraba de inventar excusas, de bromear para ganarse mi simpatía: era insoportable, un burdo trilero. De súbito, un pensamiento fugaz ha surgido en mi cabeza: no hay nadie en la calle. Acto seguido, un cabezazo en su pómulo izquierdo. Por lo imprevisible de mi movimiento, la ejecución ha sido perfecta. Incluso me he arqueado un poco hacia atrás para coger impulso, y mi frente se ha estrellado contra su cara plena y rotundamente. Se ha tambaleado, pero no ha llegado a caerse al suelo. Incrédulo, me ha mirado cubriéndose la mejilla con sus manos. Se ha quedado sin palabras, sin saber qué hacer. Después me he subido al coche y me he ido.

Siempre vuelven los brotes de ira. Es ridículo seguir

otorgándole algo de culpa a las circunstancias.

De vuelta a casa, abatido por la tristeza posterior a la furia, me he cruzado con Ignacio. Desde lejos ha abierto los brazos, invitándome a abrazarlo, y yo me he acercado a él y he fingido estrecharlo con gusto. Me he arrepentido automáticamente de mis sentimientos, así que después he intentado ser agradable. En broma, es decir, en serio, le he preguntado si volvía a necesitar a alguien en la librería. Pero me ha dicho que no, que les va bien. Creo que se ha emocionado al verme. De hecho, me ha parecido que iba a llorar, por eso le he dicho que tenía prisa y que me alegraba de verlo. Los meses han pasado sin que sepamos nada el uno del otro. El tiempo nos ha separado con su infalible método: silenciosa y repentinamente, como un glaucoma.

No me apetecía ver al imbécil del registrador de la propiedad en la terraza, así que, por primera vez, estoy fumando en mi cuarto. Quizá no sea una buena señal, quizá esté perdiendo la batalla. En cualquier caso, sería un error contraatacar hoy.

Sigue chispeando, pero con más intensidad que esta mañana, y las nubes se han oscurecido.

Cada vez me costaba más dormir, tanto como levantarme de la cama, pero me engañaba con un objetivo a medio plazo para reducir el esfuerzo: si me centraba en el trabajo, si no hacía otra cosa, pronto conseguiría vivir en mi propio piso. A veces se confunde a los adictos al trabajo con los que, sencillamente, no tienen otra forma de escapar de sus vidas. En mi caso, ya no estaba a gusto ni en mi casa, con Berto y Negro, así que no me quedaba otra que conquistar mi soledad.

Solo me interesaba recuperar la relación que había tenido con Gadea. Estaba obsesionado, frustrado. Necesitaba encontrarle sentido a su metamorfosis. Pero no sabía cómo, porque sorteaba magistralmente mis intentos de acercamiento, y tampoco me atrevía a plantarle cara directamente. No exteriorizaba nada, no compartía nada: estaba escondida. Me resultaba tan violento que llegó un punto en el que decidí comentárselo a José Ignacio, por si se le ocurría una solución. Él estaba al tanto de lo que sucedía, no fingió extrañeza al escucharme; me dijo que le daría una vuelta y que intentaría hablar con ella. Aun así, no llegó a tener tiempo para ayudarme. A veces basta mencionar un problema para que este se desate, y eso fue lo que ocurrió: ese mismo día se produjo el cambio.

Por la tarde, Gadea entró en mi despacho y me demostró que, de vez en cuando, me escuchaba. Sabía que los viernes solía ir a la prisión, donde atendía a los internos que solicitaban justicia gratuita, y quería saber si esa semana iba a tener una comunicación en locutorios con un cliente del que me había oído hablar con José Ignacio, por si podía acompañarme, para ponerle cara al expediente y entrar por primera vez en una cárcel. Me sorprendió doblemente: por dirigirme la palabra y porque esa misma tarde estaba citado con el interno en cuestión. ¿Había entrado en mi despacho? ¿Había revisado mi agenda a escondidas? No intenté averiguarlo. Sencillamente, lo concebí como una buena oportunidad para tomarnos una cerveza después y desatascar lo nuestro.

Llegada la hora, fui a avisarla y, antes de golpear la puerta con mis nudillos, la observé desde el umbral sin que me viera.

Con los brazos cruzados y los ojos cerrados, inspiraba y espiraba en busca de sosiego. Pronuncié su nombre con delicadeza para no alterarla, y se recompuso al instante. «¡En marcha!», respondió. Su repentino cambio de actitud resultaba inquietante, pero me mantuve optimista.

Durante el trayecto le expliqué cómo se desarrollaban las visitas en los locutorios, y ella se limitó a asentir. Por suerte, en poco más de quince minutos habíamos llegado a nuestro destino. Su silencio me achicaba.

En el parking, una explanada de asfalto, solo había un coche aparcado, un Citroën Xantia plateado con la puerta del conductor abollada. Dejé el mío en la plaza contigua, confiando en que la sombra del único árbol que había se desplazase hacia mi lado a lo largo de la tarde. Después dejamos en la guantera todo lo que fuera susceptible de hacer sonar el arco de seguridad y fuimos hacia la entrada.

El centro penitenciario se encontraba a las afueras de la ciudad, rodeado de campos de trigo, aislado. En cuanto a su arquitectura, era lo que se esperaba de él; es decir, se apostó por la inexpresividad y el pragmatismo, por la chapa verde y el hormigón armado. La parcela de terreno, rectangular, estaba dividida en módulos, y en el centró había una torre de vigilancia, desde la que los funcionarios podían ver sin ser vistos, y desde la que podían controlar las puertas y rastrillos en caso de necesidad.

Cuando nos acercábamos a la puerta principal, de entre dos contenedores surgió una rata que, sin motivo aparente, se dirigió a toda velocidad hacia Gadea. «¡Qué asco!», exclamó, y lanzó una patada al aire para espantarla, enviándola de nuevo a la inmundicia. Su arrojo me impresionó. Estaba tensa, a la defensiva.

El funcionario de la entrada leía en su búnker. Nos vio y dejó cuidadosamente el libro bocabajo: rezumaba sosiego. Tras el trámite identificativo correspondiente, nos dio paso, y antes de llegar a los locutorios, nos desviamos hacia las oficinas, donde recogimos la hoja de cálculo del interno, el documento que reflejaba el estado de cumplimiento de su condena. La oficina era grande, pero solo había un funcionario de guardia. Este estaba vestido de calle, no con uniforme, y también rezumaba sosiego. Las cárceles ya no se corresponden con la imagen morbosa que se tiene de ellas.

En contraposición con la calma de los funcionarios, Gadea estaba cada vez más seria. A medida que cruzábamos niveles de seguridad, su mutismo se iba robusteciendo. En España, los presos no llevan uniforme, y allí las puertas no eran de barrotes. Pero eso no significa que aquel lugar se pareciese a la libertad. Seguía siendo un mundo cercado, coronado con concertinas. Digamos que se ha refinado el ejercicio de la función de control y custodia de los internos, pero la esencia de la institución sigue siendo la misma. Una vez dentro del locutorio supe que Gadea no hablaría hasta salir de allí.

No tardó en aparecer mi cliente, un murciano de veintinueve años que, tras una noche de excesos, se coló en una urbanización, accedió por la ventana a la habitación de una niña de doce años, la hija de un amigo suyo, y la violó. Según su versión, la relación fue consentida; según la sentencia, el miedo provocó que los esfínteres de la niña no pudieran controlar la excreción fecal y urinaria, a lo que el condenado reaccionó obligándola a que le practicase una felación.

Quería que recurriese una resolución de la junta de tratamiento del centro penitenciario, mediante la que se le denegaba la solicitud de un permiso de salida de fin de semana. Los requisitos mínimos que debía cumplir eran tres: estar clasificado en segundo o tercer grado (el primer grado se reserva a los internos de máxima peligrosidad o manifiesta inadaptación al resto de regímenes), haber extinguido la cuarta parte de la condena y no observar mala conducta. Sin embargo, el hecho de cumplir con los tres requisitos no garantizaba que le concedieran el permiso, pues era preceptivo que un equipo técnico emitiera un informe individualizado favorable.

En su caso, había cumplido más de un cuarto de la condena, pero se había limitado a dejar pasar los días, sin esforzarse por mostrar una actitud esperanzadora en cuanto a su reinserción. Además, se negaba a recibir tratamiento psicológico —decía que era una tortura repetir una y otra vez la historia de aquella noche—, lo cual no facilitaba el estudio de su personalidad. Todo ello por no hablar del tipo de delito cometido y de la valoración del riesgo de reincidencia.

Él no se consideraba un violador, y trataba de convencernos de que estaba en prisión debido a la conjunción de diferentes golpes de mala suerte. En definitiva, achacaba sus males a variables circunstanciales, no a su conducta: nada nuevo. Pero eso no era útil para recurrir el acuerdo denegatorio. Necesitaba argumentos. Ante esta situación, tendría que interpretar interesadamente los principios generales del derecho, como había hecho otras veces. Uno muy recurrente era el *non bis in idem*, según el cual nadie puede ser enjuiciado dos veces por los mismos hechos. En este caso, podía alegar que al imponerle una pena de privación de libertad ya lo habían condenado en atención a la gravedad del delito cometido, y que aludir a la misma circunstancia para denegar un permiso conculcaría con el principio citado, pues sería como castigar dos veces por lo mismo. Era una tesis fácilmente rebatible, pero me valía para rellenar dos folios y justificar mi trabajo. Así que recabé toda la información necesaria para ello y le dije que presentaría el escrito la semana siguiente. Ni él ni yo creíamos en la viabilidad del recurso. Ambos cumplíamos con nuestra rutina.

Durante la visita, me prestó atención, pero miraba intermitentemente a Gadea. Para evitar situaciones incómodas, antes de nada le había explicado que era mi compañera de despacho; aun así, le fue imposible mostrarse indiferente. Ella guardó silencio en todo momento.

Mi trabajo en la cárcel había terminado. Al salir, un gato se relamía junto a los contenedores, y la sombra del árbol no había cubierto mi coche: me equivoqué de lado.

—¿Te apetece una cerveza?

—Lo dejamos mejor para mañana.

—Mañana es sábado. Perfecto.

—Es verdad. Pues entonces el lunes.

—De acuerdo. –No insistí, no merecía la pena.

Ya en el coche, le pregunté qué le había parecido la visita, pero era evidente que no tenía ganas de hablar.

Estaba cansado de intentar entablar una conversación con ella, así que me centré en la música y la carretera. La dejé en su portal y le dije que me llamara si necesitaba cualquier cosa. Asintió y se fue. Retomé mi camino con las mismas dudas sobre su actitud.

Viernes

Me preocupa perder la memoria, no me fío de mi herencia genética. Aunque, a decir verdad, todavía no he notado ningún síntoma que anticipe la posible materialización de ese miedo. Por el contrario, lo que sí parece evidente es que estoy condenado a la inutilidad. No encajo en la sociedad, no sé ganarme la vida. Hasta los más tontos encuentran su lugar, su oficio, su modo de sobrevivir. Pero yo no estoy a gusto en ningún sitio, no aporto ni produzco nada. Mi muerte, de hecho, pasaría magistralmente desapercibida. Y mi trabajo es una farsa, por mucho que me empeñe en lo contrario. No sé cómo crear mi propia cartera de clientes. Todos mis asuntos llegan por pura casualidad o por el turno de oficio. Más bien, mendigo. Sí, eso se ajusta más a la realidad. Soy un fracasado. Y mi padre no puede ser el único responsable de todo esto. El pasado no siempre explica nuestros actos: eso no son más que tonterías de guionistas de cine.

Después de que Gadea haya rehusado mi invitación, he llamado a mi padre, por probar. Pero ya no coge el teléfono. Ha vuelto a la melancolía. Y lo peor es que su soledad tiene algo que reprocharme, así lo asumo. ¿Quién no ha estado al lado de quien lo necesitaba, él o yo? ¿Nacer es contraer la primera deuda?

No puedo más. El insomnio va a matarme. Y creo que empieza a reflejarse en mi aspecto. ¿Por qué si no iban a mirarme tanto por la calle? ¿Por qué iban a reírse tanto? Estoy rodeado de estúpidos. Todos están corrompidos por sus instintos más básicos, y disfrazan de buenas intenciones su egoísmo. Es asqueroso. Son personas blandas física y mentalmente, atrofiadas por el alcohol y la comida rápida. Esto no hay quien lo aguante. La hipocresía está por todas partes. Me he cansado hasta de comer. Prefiero estar vacío, ligero. Pero con Berto y Negro me cuesta saltarme la cena sin que me interroguen. Les he tenido que decir que había picado algo con José Ignacio. Tengo que recurrir a la mentira para que me dejen en paz. Es lamentable.

Mi vida está rodeada de anuncios que me importan una mierda: planes de fin de semana, restaurantes nuevos, películas, ropa. No quiero tener nada que ver con todo este mundo. De nuevo, siento la necesidad de empezar de cero, de alcanzar la completa soledad y, desde ahí, encontrar un objetivo en mi vida, quizá otra mujer. O quizá eso no valga la pena, no lo sé. A veces tengo otras ideas. Pero creo que no son buenas ideas.

Siempre me he sentido solo. Es mi naturaleza. Y ha llegado el momento de ser consecuente conmigo mismo. ¿De qué me ha servido hasta ahora el camino marcado? ¿Fue Henry Miller el que dijo algo así como que no había sido nunca tan feliz como cuando fue un vagabundo? Se mezclan las ideas en mi cabeza. Pero adónde puede huirse ya. Es imposible escapar de este mundo mórbido, perverso, en el que han triunfado los hijos de puta. Ojalá un día se fumigasen las calles hasta hacerlos desaparecer. Todos ellos deberían ser los inútiles. Su éxito es sintomático.

¿Por qué la vulgaridad y no la discreción? ¿Por qué la opulencia y no el comedimiento? ¿Por qué el ruido y no el silencio? Me preocupa perder la memoria, sí, porque no quiero convertirme en ellos.

El despertador estaba programado a las siete de la mañana. Esperaba con los ojos clavados en el techo a que sonase, pero se adelantó una llamada de Gadea. «Ven a mi casa, por favor. Es importante». Quise preguntarle qué le ocurría, pero colgó antes de que lo hiciera. Me vestí corriendo y salí de casa, sabiendo ya que no iba a ser relevante que llevara la misma ropa del día anterior.

El ascensor de su edificio estaba averiado, así que tuve que subir por las escaleras hasta la quinta planta. Debido a mi lamentable estado de forma, en lugar de ir directamente a su puerta, me vi obligado a recorrer el pasillo hasta el final, donde había una ventana. Contemplé las vistas mientras me recuperaba y, una vez estabilizado, retrocedí hasta mi destino.

Gadea me abrió al instante, sin duda estaba esperando tras la mirilla, y me hizo pasar a la cocina. Fui del recibidor a la cocina sin poder ver nada más de la casa, sin poder obtener más información, puesto que la entrada estaba a oscuras. Había otra puerta, que conectaba con el resto de las estancias, pero estaba cerrada.

Sobre una pequeña mesa de madera había dos tazas de café humeante y un cenicero de cerámica. Nos sentamos, encendimos nuestros respectivos cigarros y nos mantuvimos en silencio. Evidentemente, algo había sucedido, pero no pregunté, esperé a que hablase ella primero. Y no lo hizo hasta que se terminó su cigarro. Dio una última calada en dos tiempos, aplastó trémulamente la colilla y, por fin, pronunció sus primeras palabras: «Al final lo ha hecho», dijo, y volvió al mutismo inicial.

Le temblaba el pulso, y parecía estar realizando un gran esfuerzo por no desmayarse. Le dije que no tenía ninguna prisa y continué fumando. Entre humo y silencio, comencé a elucubrar. Su llamada, su nerviosismo incontenible, su modo de guiarme hacia la cocina, sin dejarme ver nada más de la casa... Sin embargo, había sido tan celosa de su intimidad que me era imposible imaginar qué le había podido suceder. Todo lo que sabía de ella se reducía a las palabras de otros y a su actitud muda. Aun así, paradójicamente, no me sorprendió que me llamase a mí al tener un problema. Lo que nunca se concreta se mantiene en el tiempo.

El segundo cigarro lo apagó con varios golpes imprecisos y sin habérselo fumado entero. Después me miró y volvió a hablar: «Ayer me violó Ricardo», afirmó con súbita entereza, como si acabase de reunir la poca energía que le quedaba.

Me bloqueé, y mi rostro se incendió. Recuerdo que, mientras intentaba recomponerme, sin saber qué decir, lo único que quebraba el silencio de la cocina era el crujido de las agujas del reloj de la pared. Antes de que reaccionara, me acercó un papel manuscrito, doblado por la mitad. Todavía lo conservo.

Ricardo vino anoche sin previo aviso, como ya había hecho en dos ocasiones esta misma semana. Pero ayer le abrí la puerta. Antes me escribía y me llamaba insistentemente, me esperaba a la salida del trabajo, pero no llegaba a presentarse en mi casa. Hasta esta semana.

Ahora lo veo todo mucho más claro. Antes me resultaba imposible percibir la realidad de un modo objetivo. Había normalizado el acoso y aguantaba sus insultos como si fuesen el peaje que debía pagar por romper con él.

Pensaba que un día todo se acabaría sin más, qué estúpida.

Mi vida empezaba a ser insostenible. Y anoche concluí que, abriéndole la puerta, de un modo u otro, provocaría el final.

Estaba arrodillado, llorando, y sentí vergüenza ajena. No quería que lo viesen los vecinos, así que abrí la puerta, y tan pronto como lo hice se fue directo a mi habitación, obsesionado con la idea de que estaba con alguien. Fui tras él y le dije que mejor hablásemos en el salón, pero me agarró del brazo e intentó besarme. Apestaba a alcohol.

Conseguí girar el cuello y esquivarlo, pero siguió forzándome hasta lograr que sus labios presionaran los míos. Entonces grité, y se apartó de mí. Pensé que se había arrepentido, que le había sobrevenido la lucidez, pero lo que hizo fue darme un guantazo. Después me ordenó que me desnudara. Me negué y me dio otro guantazo. Estaba rojo de ira. No he pasado más miedo en mi vida.

Salí corriendo, intenté escapar, pero me alcanzó con un puñetazo en la oreja (un insoportable pitido inundó mi cerebro). Se abalanzó sobre mí y empezó a manosearme. Yo me resistía sin éxito. Hasta que me giró y se sentó sobre mi espalda. Fue en ese momento cuando me dijo al oído que me lo merecía, y babeó, y su saliva recorrió mi cuello desde la nuca hasta la garganta. Aplastó mi cabeza contra el suelo, me abrió las piernas empujando con sus rodillas y me violó.

Duele. Sigue doliendo. Quema.

Después de correrse, golpeó mi espalda con sus puños. Y el mundo se calló.

Cuando se levantó, tambaleándose, comenzó a retroce-
der. Pensé que todo había terminado por fin, que se iría de
mi casa. Sin embargo, de pronto, se tropezó con la alfombra
del pasillo y se cayó, golpeándose la cabeza contra la mesita
de madera en la que dejo las llaves.
Me acerqué al cuerpo y comprobé que la sangre brotaba
de su sien. Por temor a que volviese a atacarme, le cogí del
cuello con la mano izquierda antes de aproximarme a su
cara para saber si respiraba. Entonces se despertó y me dio
un empujón. Pensé que iba a matarme. Pero no hizo nada.
Solo me llamó puta. Y se fue.
No sé cuánto tiempo he necesitado para levantarme del
suelo.
No sé si hago bien llamándote.

Colgado en la pared, junto al marco de la puerta, había
un calendario con los días pasados tachados diligentemente;
también había fruta en un cesto, un pañuelo de cocina bien
doblado sobre la encimera, botes de especias ordenados en
un rincón. Lo sucedido estaba fuera de contexto, constituía
una anomalía.

Me guardé la nota en el bolsillo y la miré fijamente.

—Vámonos a la comisaría ahora mismo.

—No compensa, Diego.

—Me importa una mierda. Vámonos.

—Creo que me he equivocado. No debería haberte llamado.

—Por favor, Gadea.

No prolongó el debate. Se levantó y vació el cenicero en
la papelera, y entendí que había cedido, que iba a confiar en

mí. «Cuando quieras», me dijo después de lavarse las manos. Antes de salir, en el recibidor, me cogió de la mano y me pidió que esperara. Entonces me detuve y la miré, pero no dijo nada. Guardó silencio hasta que, de pronto, me besó. Y me quedé paralizado. Volví a quedarme paralizado. Ni siquiera moví los labios. Aunque no sé si iba a hacerlo. En cualquier caso, antes de reaccionar, ella se apartó: «Olvídalo», susurró, y señaló la puerta levantando la cabeza.

La luz del sol, que entraba a través de la ventana del pasillo, me cegó, por lo que me giré rápidamente y me dirigí hacia las escaleras. Necesitaba pisar la calle, tomar el aire. Pero después de varios pasos me detuve. Algo fallaba: no había oído el sonido de la puerta al cerrarse ni los pasos de Gadea detrás de mí, así que me giré de nuevo. Demasiado tarde: se agarró con fuerza al marco de la ventana, tomó impulso apoyando su pie sobre el alféizar y saltó.

Lo que vino después sigue torturándome todavía.

Como un autómata, cegado, volví a casa. Sabía que Ricardo era capaz de estar dormido en la terraza, aunque esa misma noche hubiese violado a una mujer.

Negro y Berto estaban durmiendo. Probablemente se levantarían a la hora de comer. Aun así, abrí la puerta sin hacer ruido y me fui directo a la terraza. Y allí estaba, reclinado en su butaca de bambú, con los ojos cerrados y la boca medio abierta. Tenía la cabeza girada hacia la izquierda y la barbilla apoyada sobre su clavícula; su cuello, tan descubierto, tan resplandeciente, me pareció una señal. No, eso no es preciso, porque mi mente estaba oscurecida, vacía. Más que una señal, fue un estímulo ante el que, irremediablemente, sin pensar, respondí echando mano de la navaja que me regaló mi abuela.

No lo dudé. Salté el muro, abrí mi navaja y, agarrándola con fuerza, haciendo tope con el pulgar para que no se me resbalara la mano, se la clavé en el cuello. Fue solo un golpe, como el descabello de un toro de lidia. Después me guardé la navaja en el bolsillo, me lavé las manos y me fui a la calle.

Cuando uno es niño fija algunos miedos que mantendrá toda la vida: no abras la nevera descalzo, no cojas el cuchillo así, a ese barrio no vayas nunca... Son cosas que no se olvidan, muescas en nuestra personalidad. Aquella mañana salí de casa con la intención de buscarme problemas; quería que me dieran una paliza, sentir dolor, así que recorrí las calles de un barrio que jamás había pisado, que hasta entonces había sido una idea en mi cabeza, no una realidad.

Había edificios de ladrillo visto, coches abandonados, contenedores quemados. Todo parecía indicar que estaba en el lugar adecuado. Pero nadie me miraba, nadie me decía nada. Hasta que me tropecé con un balón medio desinflado, pesado, y de entre un callejón salió un niño con los ojos grandes, con los ojos recién estrenados, rebosantes de inocencia, impolutos. «¿Me la pasas?», me preguntó. Le devolví la pelota y me fui de allí corriendo.

Tardé en recuperar la cordura. No sé cuánto tiempo estuve en shock. Tampoco sé si estoy recuperado del todo.

Ha pasado el tiempo, y ahora estoy solo, quizá sea ese el motivo por el que escribo. Empecé a escribir para aclarar mis ideas, para ordenar los hechos y encontrarle sentido a lo ocurrido. Porque no era capaz de juzgarme. Porque necesitaba saber quién era. Y porque la justicia me dio de lado, me obvió. Después de todo lo narrado, se atendió a algo ajeno a mi voluntad, a algo que lo cambia todo sin cambiar nada. Por eso he decidido dejar constancia de mi testimonio por escrito, para ir más allá, para sortear las limitaciones de la ley. Eso es todo. Ya no tengo más palabras. Ahora, juzguen ustedes.

***

Diario Córdoba
Opinión

Delito imposible

La de aquel sábado no fue una mañana cualquiera. En la comisaría, un primer aviso ya alteró los ánimos: un supuesto suicidio. Pero poco después, con un segundo aviso, saltaron las alarmas: un supuesto asesinato. En principio, los dos sucesos no tenían por qué estar relacionados; en cambio, a todos se les pasó por la cabeza esta posibilidad. Los agentes se movilizaron de inmediato. Iba a ser un día duro.

El hombre supuestamente asesinado se encontraba en la terraza de su domicilio, al que se trasladaron los miembros de la policía. A simple vista, no había dudas sobre lo acontecido: lo habían apuñalado en el cuello. Sin embargo, llamaba la atención la poca cantidad de sangre que rodeaba el cuerpo, y el informe del médico forense terminó confirmando las sospechas: no lo habían matado, sino que había muerto de un infarto previo. Una hora y media antes, aproximadamente, su corazón dejó de latir. El asesino, por tanto, no mató a nadie; el asesino apuñaló un cuerpo sin vida.

La conclusión del informe forense le ha dado un vuelco al caso, porque las consecuencias legales serán muy diferentes (¿lógicamente?). Para este tipo de supuestos, son dos las teorías doctrinales más destacadas: la de la tentativa relativamente inidónea y la de la tentativa absolutamente inidónea.

Según la primera de ellas, el acusado debería ser castigado con la pena inferior en uno o dos grados a la que se impondría por el delito consumado. Se tiene en cuenta que, aunque no se vulnera el bien jurídico protegido —la vida—, la conducta denota un peligro suficiente como para ser merecedora de castigo. En ese sentido, se valora el hecho de que, de no haberse tratado de un muerto, sino de alguien dormido, los actos ejecutados habrían supuesto, sin duda, su fallecimiento. Es por ello por lo que, aunque reducida, los juristas que comparten esta tesis consideran que debería dictarse una sentencia condenatoria.

En cuanto a la tentativa absolutamente inidónea, constituye una figura penal conocida como delito imposible. En este caso, la conducta quedaría impune, pues no se tiene en cuenta la intención, el dolo, sino el hecho de que no se ha matado a nadie. Objetivamente, no hay ningún culpable (murió de un infarto), por lo que no hay nadie a quien castigar, entienden los defensores de esta segunda teoría doctrinal, que es la mayoritaria.

Dicho esto, cabría preguntarse lo siguiente: quien

toma la decisión de matar a alguien, se provee de un arma para hacerlo y ejecuta los actos que aseguran dicho fin, ¿merece ser castigado aunque la persona ya estuviera muerta, aunque su objetivo no se cumpla por causas ajenas a su voluntad? Es decir, ¿estamos ante un asesino? Y ahora deslizo una última pregunta, que relaciona este caso con el del primer aviso que recibieron en comisaría: ¿cambia algo el hecho de que, esa misma noche, el fallecido había violado a una amiga íntima de quien lo apuñaló?

Rafael Donate Vallejo
Abogado